公主幫幫忙

Help!!

愛子

插畫／麻先みち

Kadokawa Fantastic Novels DX

Contents

愛子
插畫／麻先みち

Kadokawa Fantastic Novels DX

紛飛大雪將世界埋成白靄靄的一片，幾乎完全掩蓋住在高塔附近橫倒的無數身影。當中唯一站著的是位黑衣黑髮的漂亮孩童，一名有著白金頭髮的孩子則在他腳邊靜靜躺著。

倒在地上的孩子臉蛋白皙如雪，連睫毛都是白金色的，五官雖然精緻，卻比不上黑髮孩童的絕色，頂多算是清秀而已。孩子閉目的模樣十分安詳，宛如睡著一般。

黑髮的孩童冷冷地環視四周後，蹲下身伸出手探了探那個孩子的氣息，嘴角露出了與年齡不符的嘲諷笑意。

「為了不認識的人犧牲性命，真是個愚蠢的傢伙，可惜了這身力量。」

他停頓了一會兒，又突然露出天真無邪的笑容：

「具有人心的冰霜之子……也算是罕見吧？不如拿來當我的玩具。」

語畢，他笑嘻嘻地把手放在那孩子的胸口，金色的光芒頓時綻放，附近狂風

肆虐，將兩人身邊的深雪鏟出一個漏斗似的凹陷。

突然間，水晶般的冰柱自白金髮孩子的胸口竄出，黑髮孩童本來閒散的表情劇變，滿臉不可置信。

「這！怎麼可能？」

冰柱以極快的速度向外擴張，很快就將兩人層層包住，如冰晶之棺，在紛飛大雪之中，彷彿凝結住了一切。

Chapter 1

當一國公主
可是個體力活

「公主，請醒醒。」

溫和的聲音在我耳畔響起，隨之而來是窗簾拉動的聲音，但窗外無光、天色尚暗，疲倦的我一點也不想起床。

眼看我毫無動靜，身邊的女僕有些著急，拉高音調繼續說道：

「公主醒醒，天快亮了，您再不起床就來不及了！」

那聲音毫無休止的跡象。我忍不住翻了一個身，把枕頭蓋在頭上，好遮斷一切打擾我睡眠的雜音。

昨晚參加舞會熬到十二點，當仙度瑞拉的陪襯、看王子撿起玻璃鞋、惆悵無比地唱了大半夜的憂鬱之歌後才回來，就不能讓我多睡點嗎？

「快來人、快來人啊！緊急情況，公主又賴床了！」

面對我像鴕鳥般逃避現實，身邊的女僕不顧形象地高聲喊叫起來，一大群女僕匆忙到來，很快的，紛亂腳步聲由遠而近，繞在我的床邊團團轉不停。

「來，一人抓一邊把床單抽起來，非得讓公主起床不可。」

「唔……妳們不要吵我睡覺啦。」

我伸出手來胡亂揮舞著，想把這些煩人的雜音揮去，只是睡得迷糊的我，全然忘記這個簡單的動作會帶給女僕們多大的危險。

「要小心不要被公主打到，會飛出去的！」

「啊！」

「飛出去了、飛出去了，公主完全沒有醒過來的跡象！」

「快，扯開棉被、拉開床單，務必要讓公主清醒。」

「啊啊啊啊啊！」

「有三個人飛出去了！」

「立刻補上人，四個角落都要有人才搖得起床單來。」

「撐住！就算犧牲性命，也一定要讓公主起床！」

「是！」

「數到三時把公主丟出去！」

「是！」

女僕們整齊劃一地應聲，讓我猛然清醒了過來，還來不及阻止她們的行動，就從大幅度搖晃的床單上硬生生被甩飛出去。

「噗通」一聲巨響，堂堂奎德薩第一公主我，以無比狼狽的姿態，慘烈地掉進滿滿一缸的蛋清中。

沒錯，身為一個公主，一天的美好開始，就是被蛋洗……

傳說中的公主，總要有足以讓王子一見鍾情的美貌、如雪的肌膚、纖細的身段、美好的歌喉，並時時展現這些優點，以博取民眾對王室的好感度。

可惜我雖然皮膚白，卻耐不住太陽，曬太久就會脾氣暴躁，散發出足以讓眾人血液凍結的怒氣，無法從事在日光下站在陽台上、露出閃耀著鑽石光芒的笑容、對百姓揮手的親民工作。

我親愛的後母、我國實際的掌權者——芙羅拉皇后陛下對此感到十分不悅，她認為一國公主最重要的任務，就是利用美貌與親和力，提昇國家形象，展現皇家親民風範，若是連這一點都辦不到，便是不合格的公主。

為了讓我成為模範公主，她安排了一齣完美的劇本：長公主蕁特妮蒂美貌無雙溫柔可人，因為受到邪惡後母的妒恨，故意不讓她正式現身在大眾之前，以搶皇后風采。妮蒂公主只能在清晨與黃昏之時，出現在皇宮某高塔陽台上唱歌，傾訴自己的憂愁與美麗。

從此之後，我天未亮就得起床，開始一連串成為「完美公主」的行程。

誠如剛剛所述，首先我必須浸在滿滿的蛋清中翻滾，讓全身上下每吋肌膚都接受蛋白滋潤，變得細緻光滑咕溜咕溜，比煮熟的水煮蛋還要滑嫩。

「明明穿上衣服後大家就只看得見我的臉和手，為何我每天都得遭到全身蛋洗對待？」

我一邊奮力避免讓黏糊糊的東西灌入口中，一邊試圖向我的專屬女僕長艾蜜莉雅提出抗議。

正在指揮眾女僕讓我在蛋清中翻滾的艾蜜莉雅聽到了我的疑問，神色端莊地轉身正對我，面帶微笑，口氣極為溫柔地說：

「身為一個真正的公主，無論別人有沒有看見，都必須從內到外，保持完美動人的狀態。」

當我正準備吐槽她「妳明明也知道我的內在和完美絕對扯不上關係」時，她已眼明手快地命令女僕們朝我潑麵粉……不，是撒上特調的珍珠粉，嗆得我一句廢話都說不出來。

沒錯，蛋洗之後的我得裹粉上漿，往下一個步驟邁進。傳說中，蛋清加上噗哩噗哩森林仙女特調珍珠粉，可以自然形成「超．光感面膜」，讓肌膚散發珍珠般的光澤，即使在清晨與夕陽不太明顯的餘暉下，依舊能閃耀出不可思議的萬丈光芒。

此外，為了讓我渾身散發美好的香氣，在敷「超．光感面膜」的同時，女僕們還會在我身上細細地鋪上玫瑰花瓣，一層又一層，直到我快被淹死為止。

根據我可愛的私人廚師表示，接下來我只要進入烤箱，撒上糖粉，再擠點奶油花，就是一盤完美的玫瑰糕。

令人欣慰的是，雖然具有怪力的我常常在睡迷糊時失手把女僕打飛出去，不過截至目前為止，艾蜜莉雅從未把我送進烤箱。但想起這麼多年來她照顧我所遇到的困境，莫非比起烤箱，她更想把我推上火堆直接焚毀？

當我正這麼懷疑時，身上的玫瑰珍珠蛋糊面膜也乾得差不多了。幾名女僕魚貫而入，捧著熱水注入了浴缸之中，艾蜜莉雅則盯著桌上的沙漏，輕輕喊了一聲：

「時間到，請公主起身。」

在她們的攙扶下，我這個「生．活動玫瑰糕半成品」終於脫離麵糊的命運，被泡進了聽說能讓人從裡到外散發燦爛如陽光耀眼氣質的「黃金美人湯」之中。

「啊……終於……」

我在黃金美人湯中洗去臉上的稀泥，深深吐了一口氣，一旁的女僕卻紛紛笑道：

「公主睡迷糊了，艾蜜莉雅大人還沒動手呢！」

「對耶，我真的是睡迷糊了。」

皮膚的保養只是基本，作為公主，驚人的美貌是必要的，可惜我離傾國傾城還有一段距離，這個時候就必須借助魔法……不對，是化妝的力量，讓一個路上人人過目即忘的普通少女，成為大家都會驚豔回頭閃到脖子的絕世大美人！

……我絕對不會承認自己長得讓人過目即忘好嗎？剛才那句是譬喻，是譬喻！

泡完「黃金美人湯」的我披上浴袍、坐在椅子上讓女僕們擦拭頭髮。這時候的我依然很想睡覺，眼睛半瞇半睜地望著正在準備物品的艾蜜莉雅。等到頭髮被擦乾後，便見她雙手持著至少六種化妝用具，對我露出冷酷的眼神。

平日總是端莊親切、完美至極的她，只有在這個時候才會露出這種表情。

那是一種唯我獨尊、無人能敵的自傲，這個時候，她就是王、她就是神、是誰也無法忽視的傳說！她可以化腐朽為神奇，讓我成為一個美得令人心碎的公主！

當其他女僕把化妝用品擺好之後，就會用一種崇敬的眼神仰望艾蜜莉雅，畢竟接下來的事情，任誰都會覺得是神蹟降臨。

「公主，可以開始了嗎？」

艾蜜莉雅音如天籟，眼神卻十分冷酷地問著。我嚥下口水點了點頭，她立刻目射精光，高舉雙手，並在下一秒變身為風暴女神，以狂烈之姿，將無數粉撲刷具往我臉上招呼過來。

「目光向下！」

睫毛刷咻咻刷過，我本來毫無特色的睫毛，立刻捲翹得可以掀起女僕的裙子。

「閉上眼睛。好，睜開。」

眼線筆默默畫過，我那愛睏的雙眼立刻變得盈盈含情、魅力四射。

「微笑。」

腮紅輕輕壓上，我那慘白而毫無血色的臉上，立刻染上了恰到好處的紅暈。

「再微笑，抿起嘴。」

天啊！鏡子裡面那宛若櫻桃，令人情不自禁想採摘的雙唇究竟是誰的？

鏡中的我無論從哪個方向看，都與妝前的我截然不同。

你可以說這是一個雕刻家，由石頭中解放人體的過程；也可以說這是一個畫家，揮灑出藝術巔峰的神啟。世界上沒有醜女人，只有懶女人的真諦，在我身上真實地體現出來……總而言之，我不想再藉由吐槽自己來強調艾蜜莉雅到底有多厲害了。

不過到此妝還沒有化完，艾蜜莉雅是個精益求精，務求我每一個角度都足以讓吟遊詩人唱上兩百句的完美主義者，因此她會要求這妝在每一種情況下都不能出現缺陷。

「替公主換裝！」她退了兩步喊道。

原本站在她後方排成一列，手持梳子、馬甲、絲襪、鞋衣等物的女僕立刻湧了上來。

「公主，這是今天要為您綁的馬甲，款式還可以嗎？」

「呃……好。」

我看著眼前微笑詢問我意見的艾蜜莉雅，就算心中百般不願，依然只能硬著頭皮點頭說好。

這個年代的公主，一定要有不盈一握的蜂腰，把腰顧好，人生就是彩色的，有無數王子會為妳折腰；腰沒顧好，人生就是黑白的。因此艾蜜莉雅給我設定的腰圍尺寸是傳說級的「十‧六‧吋」。

知道十六吋的腰究竟有多細嗎？告訴你，差不多就是可以攔腰折斷的地步，如果是用馬甲勒出來的，表示胃裡最好什麼都沒有。

「上馬甲！」

殘酷的命令響起，我用盡全身的力氣吸氣，竭力克制自己不要反抗馬甲酷刑。

只見女僕們訓練有素地左邊一排，右邊一排，抓住我馬甲兩側的束帶蓄勢待發。確認大家就定位後，艾蜜莉雅微笑開口：

「開始。」

「一、二、三、用力！」

「一、二、三、用力！」

女僕們拔河似的分邊拉著束帶，努力在不把我腰斬的前提下勒出十六吋小蠻腰。受盡馬甲凌虐的我欲哭無淚，卻不能做出任何反抗，避免傷及無辜。

有時候我懷疑艾蜜莉雅才是我的後母，而且還是那種高竿的後母，無時無刻保持溫柔的微笑，笑得你心裡發毛，私下能百般折磨你，卻抓不到她一點把柄。

我被勒得滿臉扭曲，幾乎要斷氣，艾蜜莉雅卻不疾不徐繼續修飾我的妝容。

「公主殿下昨天在舞會上吃多了吧？今日的馬甲似乎特別難繫呢。」

「……我……我沒有多吃。」

「是嗎？解決了一頭牛不算多吃？」

「拜託，一頭牛怎麼叫多吃？我本來想讓桌上那一家四口的牛全部團聚到我肚子裡的。」

艾蜜莉雅輕輕地嘆了口氣：

「我知道您的食量略略比其他公主多一點，但為了您的腰著想，下次還是節制點，吃半頭就好。」

「可是我很餓，真的很餓，作為一個公主卻吃不飽，不是很可悲嗎？」

我有一本祕藏的愛書，名為《你所不知道的嘿嘿嘿嘿》，裡面寫著在某個遙遠的國度裡，有公主在聽到大臣說「人民沒有麵包吃」時，回了一句「沒有麵包吃，為什麼不吃蛋糕？」

這樣不知人間疾苦的公主飽受批評，最後被送上了斷頭台，是個失敗的公主典範。想想若是我的話，一定會回答：「我也已經好久都沒吃飽了……」然後流出悲傷的眼淚。

這是真心誠意的淚水，一點兒也不虛假，誰叫我一頓飯可抵人家十頓，偏偏又得作個十六吋腰的優雅公主？可惜艾蜜莉雅是個對我缺乏憐憫心的殘酷女僕長。

「如果公主覺得每天上馬甲都需要耗費如此陣仗是件可喜的事，那就算多吃幾頭也無妨。」

「對不起，我下次會少吃一條牛尾的。」

聽了我的回答，艾蜜莉雅含笑看了我一眼，隨後接過束帶兩端，狠狠地在我背後緊勒，害我差點噴出昨天吃下的某隻牛腿。

「……艾蜜莉雅……妳……妳是不是真的想勒死我？」

「怎麼會呢？沒有人比我更希望公主長命百歲。」

即使方才差點謀殺成功，艾蜜莉雅的口氣依舊溫和平靜，繼續對著其他女僕吩咐道：

「現在準備為公主染髮。」

在我掙扎著汲取空氣的同時，女僕們已執起我的頭髮開始處理。和之前的層層苦難相比，染髮是一件比較簡單的事情，我終於有一點空檔可以喘氣。

不過今天新來的幾個小女僕一邊為我染髮，一邊私語道：

「公主的頭髮竟然是白金色的，好美啊。」

「是啊，髮尾的地方幾乎是透明的，好像精靈！明明這麼美麗，為什麼要染成金色的？」

「公主的這頭髮色太特殊了，國外有些地方認為不吉利。畢竟早晨的節目是要提升我國國際形象的，為了避免誤會，染成金色比較保險。」

「原來是這樣……可是我覺得好可惜喔，這麼漂亮的頭髮……」

「時間緊迫，請大家動作快些。要為殿下更衣的人現在上來。」

因為我是受到皇后妒恨的公主，身上的衣服絕不能太華麗，也必須避免過於珠光寶氣，但作為提升國家形象而粉墨登場的公主，通身打扮當然不能是什麼隨隨便便的款式。

身為民眾憧憬的王室成員，這套服裝除了要襯托出我清新脫俗、高貴優雅的氣質，同時也得散發出純潔美麗與善良的氛圍，萬般功能集於一身，是多麼沉重的負擔啊！

而這沉重的負擔體現在服裝的重量上，通通由我一肩扛起！

請不要看不起公主的衣裝，有時候我們穿得比重裝騎士的盔甲還重，那看似輕盈的質料下是一層又一層的金絲銀線刺繡、蕾絲，以及無數金屬、骨架、沙袋交織而成的。

為了塑出形狀，我的馬甲上有一根一根的鐵條，每條都像是關重刑犯的監獄欄杆那樣堅固，身上洋裝那微微膨起的裙子當然也不是自然鼓起，而是由鯨魚骨架起來的。

這些驚人的重量隱藏在洋裝內部，為了讓布料展現出最美麗的皺褶，底下都根據計算縫上垂墜用的沙袋，於是一件看似平凡無奇的衣服，實際上卻擁有驚人的重量與殺傷力！

好在我雖看似纖細，但吃得多又力氣大，扛得起這些衣服。我常常在想要是自己穿著這身衣服上戰場，只要如旋風般快速旋轉，絕對能颳起殺人風暴，營造出萬夫莫敵的氣勢。

穿好衣服，我還得踏上十吋高跟鞋才能出場。身披百斤衣服，卻能穿著高跟鞋踏著輕盈步伐，這是多年來天天冒著生命危險，經過無數血淚努力所練就出的特殊才藝。

說起這項才藝，我就不能不提一件事情。皇家騎士隊最年輕的小隊長伊萊，英俊瀟灑宛若天仙，用劍如神深受各國公主歡迎，眾女獻花獻吻獻身之事天天發生，讓他不勝其煩，因此他無論見到哪位公主，都擺著嫌棄的表情。

實際上這也不能怪他，在這個波達爾大陸上，大大大小的城邦國家至少有上百個，說得白一點，公主算不上什麼奇珍異寶。如果是帝國公主可能地位還高一些，像我這種小國王室公主，隨便到任何城堡舞會中都能抓到一大把。

我和伊萊本身沒什麼交集，直到某天我可愛的小妹貝麗兒向我哭訴，說伊萊在眾目睽睽之下訓斥她，讓她無法完成「以壞心公主身分破壞他人戀情，好襯托那對戀人情比金堅」的高等公主任務。

想想伊萊好歹也是奎德薩皇家騎士小隊長，即使備受青睞，連自家公主都擺臭臉訓斥實在很不上道，於是我下定決心要給他一個教訓。

某天我全副武裝，看似不經意地走向他。他發現我走過去，深怕我會如同其他公主假裝跌倒撲在他身上，立刻擺出了難看的表情想逼退我。

當然我不為所動，蓮步輕移款款走到他身邊，然後「哎喲」一聲假裝拐到腳，重心不穩地將高跟鞋挪到他腳上，接著一腳把他盔甲的鐵鞋狠、狠、踏、破。

在那個情況下，倘若我把全身重量壓在他身上，他的腳背就會被鞋跟直接踏穿，當場跛腳。到時他不管再怎麼帥，也還是缺了隻腳，這對於一個帥哥騎士來說是多麼悲慘的情況？

伊萊也發現情勢險惡，汗如雨下地望著我。我依舊保持著柔弱善良天真無邪的微笑，臉上略帶（畫出來的）紅暈，柔聲說道：「你連對效忠的對象都能擺臉色，不如現在就讓我送你上路？」

但他不愧是優秀的小隊長，面對如此龐大的壓力，卻能在數秒之內迅速恢復平靜，以巧妙的身法擺脫了我的殺人高跟鞋，單膝下跪滿臉誠懇地宣示絕無二心。

當時大家都以為他是懾於我的美貌與善良，決心誓死跟隨，永遵騎士之道，只有我忍不住慨嘆，擁有萬貫家財，不如一技在身……

當東方第一道曙光升起時分，正是我大顯身手之際。再三確認我的裝扮完美無缺後，艾蜜莉雅終於向陽台門邊的女僕們點了點頭示意。

有些老舊的木門「咿呀」地被推開，我踏著故作無助的步伐走出陽台，將臉輕輕一抬，讓晨光以最合適的角度照耀我的完美妝容，並滿意地聽到陽台底下的觀眾紛紛發出讚嘆聲。

好的開始是成功的一半，我狀似不經意地向下掃視本日來客人數，發現今天的外國觀眾不少，尚有數名吟遊詩人樣貌的人夾雜其中，可見公主我有口皆碑、名聲享譽國際。若下一季觀光客人數持續提昇，不知道是否能爭取將我的腰圍放寬到十八吋？

「喔，晨曦初露，萬物甦醒……」

我一邊這麼想著，一邊輕輕張開雙唇，天籟般的音調徐徐傳出，底下的觀眾個個露出心蕩神馳的表情，全然沉迷於這美妙的歌聲當中。

因為距離夠遠，沒有人發現其實那天籟美聲並不是我發出來的！

畢竟在穿著百斤衣服、腰部被緊勒得都快斷氣的情況下，誰能有心情唱歌啊？沒發出地獄來的哀號聲把人嚇得魂飛魄散就不錯了。

可是傳說中的公主露面總是要哼個幾句，以便顯示出她才貌雙全、內外兼顧。為了讓我成為傳說，在陽台的扶手底下隱藏著一整個合唱團，天籟美聲由她們負責發出，我只要以最優雅的模樣張嘴，輕聲哼哼哈哈地配合她們就好。不過雖然不用唱歌，我還是得故作輕盈，宛如跳華爾茲般在陽台上移動，面帶笑容不時看向底下的客人，務必讓所有人都感覺到我在對他微笑。

根據母后的命令，我從任何角度看起來都必須美麗優雅、超凡脫俗、氣質得一塌糊塗才行。

「啾。」

「啾啾！」

「啾啾啾。」

數隻黃鶯飛了過來，圍繞在身邊與我一同合唱。我微笑伸出了手，其中一隻跳到了我的指尖上，啁啾與我對唱，塔下觀眾一陣騷動：

「公主多麼地美麗純潔啊！你看，連怕生的鳥兒都與她如此親近。」

「真是受到上天眷寵的美人兒啊！」

當眾人紛紛讚嘆時，我和手上的鳥兒深情凝視彼此，眼底深處露出了細不可察的奸險笑意。

「黃鶯的出場費是水果，啦啦啦……一籃水果就可以和公主相親相愛。」

我一邊配合著天籟美聲張開嘴巴，一邊依據實情胡唱歌詞：

「買通白鴿、買通白兔、買通松鼠和小鹿……啦啦啦……穀米栗子胡蘿蔔，可愛動物通通來。」

我身邊這幾隻黃鶯可不是什麼從天而降、受到我天籟美聲吸引的鳥兒，而是固定班底的召喚獸。在不同季節、不同場景下，和我合作過的動物們多如繁星，都是一些具有善良象徵意義的可愛動物，好彰顯公主我天真善良、惹人憐愛的一面。

「噹～～噹～～噹～～」

不遠處鐘聲響起，太陽也完全躍出了地平線，差不多是退場的時刻了。高歌完畢，我在窗台上哀嘆了幾聲，流露出幾分楚楚動人的憂愁後，便於眾人戀戀不捨的目光中光榮退場。

回到房間，我還來不及換下一身重裝，就聽到急促的步伐聲接近，轉頭一看，只見一道嬌小的身影朝我飛撲而來。在一般情況下，身穿千斤重的衣服、足踏殺人細跟高跟鞋，被這樣一撞絕對會倒地不起。

值得慶幸的是，就各方面來說，我都不是一般人！

情。

在千鈞一髮之際，我已扎好馬步、穩住下盤，並張開手臂，接受迎面而來的熱

「姊姊人家要拋高高！」

「好！」

在接住她的同時，我借力使力，利用她衝過來的力道，輕鬆地把她拋往有三層樓高的天花板附近。她在空中高舉雙手歡呼，火紅色的頭髮隨之揚起，我又拋接了她好幾次，才停下來穩穩接住她。

「姊姊妳有沒有想我？」

我可愛的妹妹貝麗兒親熱地摟著我的脖子，眨巴著一雙美眸，噘著嘴巴對著我撒嬌。

我這個同父異母的妹妹有著一頭火紅色的頭髮和翡翠般的眼睛，雖然臉上零星散布些許雀斑，五官尚有些稚氣，但保證長大後是個傾國傾城的美人。

可惜她這樣的外表和理想中溫和柔順的公主形象有些出入，無法成為本國的「公主形象」代言人，加上比起當「善良柔順的」公主，她更熱衷成為「邪惡的」

公主，常常會翻著「邪惡公主聯盟」的小手冊，以便完成所有邪惡公主的任務。

實際上我們家貝麗兒最可愛天真了，儘管她因為年紀小，偶爾會使使性子，但在我們獨處時，她對我可說是百依百順，還會私下把那些奢侈購置的豪華衣服和珠寶轉賣，以我的名義去救濟貧困的人——雖然我一直不太清楚她為什麼要把事情搞得這麼複雜，不過只要看到她的笑容，就會覺得她做什麼都是對的。

「當然，我天天都盼著妳回來呢！這次到赫淮斯學院表現得如何呢？」

「我這次非常克制喔，只有炸掉新學校的宿舍和院長室兩處而已！」她興高采烈地說著。

「很好，不過下次只可以炸掉其中一處。」

「好的姊姊，我一定會努力的。」

貝麗兒和我這個除了力氣大之外一無是處的傢伙不同，在火系魔法上有超凡的天賦，自幼就被母后送到各國知名魔法學院學習……然後再被各學院退回來。

畢竟她年紀小，又特別喜歡爆裂系的法術，去一間炸一間也是理所當然的！可惜這種表現太過驚人，除非是本來就打算重建，不然大部分學校都不能接受她卓越超群的能力。

在這種情況下，只要她能少炸一點範圍，便代表在魔法控制上有長足的長進。作為姊姊的我聽到她這次沒把學院夷平，心中的感動實在難以言喻啊！

此時貝麗兒從懷中拿出了一個精緻的小匣子，滿臉通紅地遞給我：

「這是為姊姊帶回來的禮物。」

「貝麗兒，姊姊只要看到妳就開心了，不用每次都帶禮物回來，而且每次送的都是各地的罕見珍品，這樣零花錢不會不夠用嗎？」

「那、那些東西都不會很貴的，所以姊姊別擔心。雖然這次的禮物不是什麼珠寶，但很有特色，姊姊趕快打開來看看嘛！」

在她迫切渴望的眼神威逼下，我立刻打開盒子，只見一塊小小的泥板靜靜躺在裡頭，上面則刻著一些釘頭似的筆畫。

我迷惑地望著貝麗兒，她開心地說：「這是學校附近一個叫烏洛克的城市所使用的文字，上面寫了什麼就先不告訴姊姊了，姊姊要自己去查喔！」

印象中，烏洛克似乎是赫淮斯學院附近的大型城市，不過是座魔王轄下的城市，貝麗兒怎麼會帶這種「土產」回來？難不成學校有安排魔王城大冒險的教學？據我所知，那裡的魔王可不是什麼與人類友好的魔王，以她這樣的年紀，學校做這種安排真是太危險了。

「貝麗兒下次讀的學校在哪裡呢？」

「在納古漠原附近。」

「妳每次的學院好像都在納古漠原附近呢……所以這次的新學校附近有魔王城嗎？」

我心中盤算，要是附近有危險的魔王城，一定要稟告母后讓她換所學院才行。

「附近好像只有一些劃地為王的小魔城，比較知名的大概是卡斯凱楚斯，但是也離得很遠呢！」貝麗兒很認真地解釋著。

我一聽到卡斯凱楚斯立刻就安心下來了，那裡的魔王和我們可是很熟的。我正想再多問貝麗兒幾句，艾蜜莉雅卻已款款而來，朝著貝麗兒欠了欠身，溫柔說道：「皇后陛下請二公主殿下一同用早膳。」

貝麗兒看看艾蜜莉雅，又有些戀戀不捨地看著我，小聲嘟噥道：「我想和姊姊一起吃嘛。」

艾蜜莉雅依舊維持不變的微笑站在一旁，沒有接口。然而眾所皆知，「壞心的皇后」是不可能和長公主一起用膳的，後母雖然疼愛貝麗兒，但也極有威嚴，她掙扎了一陣子，才不太甘願地離開。

我戀戀不捨地望著貝麗兒的身影，肚子早已餓得咕咕叫。受了整個早上的折磨，又唱歌又跳舞的，好不容易功德圓滿，現在總可以吃飯了吧？

我露出無比殷殷期盼的神情，看著堪稱是我衣食父母的艾蜜莉雅。艾蜜莉雅怎麼會不知道我的想法？但她還是不疾不徐地說：

「皇后陛下有要事交代。」

「什麼事？我好餓，為什麼不能等我吃飽再說？」

「昨日已和東之魔王恩利爾陛下協定，一個月後將邀請公主至魔王城堡作客，以展開勇者培植計畫。」

「咦，傳說中的勇者計畫要開始了？」

「是的，因此公主必須盡早做準備。」

勇者培植計畫簡稱勇者計畫，是以「美麗公主被邪惡魔王擄走」為開端，讓國內外有志之勇者湧起奪回公主、拯救王國激情，整頓裝備走上冒險之路。

根據統計，這樣的冒險計畫可以讓國家在最少的支出下，培育出最多具有戰力的勇者，以及深具實戰經驗的魔法師。

許多人都是在「拯救公主」這條道路上找到了一生信賴的夥伴，並成為史詩級的大英雄，卻很少人知道這段路常常是國家與鄰近交好的魔王共謀鋪設而好的。

除了國家可以用極低的成本培育勇者之外，拯救公主的路線也由王室和魔王共謀計劃，與雙方利益密切相關。

勇者們需要吃住與購買裝備，這當然是一筆可觀的商業利益。早在公主被抓之前，王室就安排好路徑上必需品商店的開設——從新手村到專業裝備，甚至是傳說中的武器，如聖劍或大魔法師的神奇法杖都量產製作完成，並運送到通路商那裡，謀圖龐大利益進帳。

而魔王也可以按照需求來規劃被進攻的路線，譬如說若有部下勢力太大，常常不聽命令，極為棘手，就可以讓勇者們前仆後繼地去攻打，好削弱對方勢力。

或是有哪些領地急需開墾，也可以安排在拯救公主的地圖上。再怎麼荒蕪的地方，只要有無數勇者踏過，都可以踩出一條康莊大道來。

簡單來說，所謂勇者拯救公主之路，就是一條充滿經濟及政治利益，精心籌謀策劃的陰謀之路！

而堂堂公主我，當然是這一條路最重要的道標！

即使公主在勇者計畫中的出場時間很短，但誰都不會否認沒有什麼任務比拯救一個楚楚可憐、美麗善良的公主更吸引人了。這次我就是要擔任這個重要的職務，完美地演出一副驚慌失措、無助被捉的模樣，然後安安穩穩地待在魔王的城堡裡，等待勇者救贖。

老實說，我期待這一天已經很久了！畢竟這樣我就不用天天被做成玫瑰糕、勒出十六吋腰、穿著百斤衣服、足踏高跟鞋唱歌跳舞。更重要的是，到了恩利爾的城堡後，我絕對不會餓肚子！

一股誘人至極的食物香氣隱約傳來，我雙眼一亮。

「恩利爾昨天來談計畫，現在照理說應該還在城內吧？今天的早餐是他幫我準備的？」

艾蜜莉雅看我一臉饞樣，輕輕嘆了一口氣：

「公主，我真擔心您從恩利爾閣下的城堡回來後，體積將會變得有三倍大，請您務必要節制飲食。」

「別擔心，到時勇者來，卻發現我變成了五倍寬的公主，就將一切都賴在『魔王的詛咒』頭上好了，說魔王要染指公主，公主抵死不從，他一怒之下便將公主變得比豬還胖——」

「……誰想要染指妳，明明就是妳貪吃，竟然還敢毀謗我？」

我還來不及胡謅瞎掰完理由，稚嫩的抗議聲就自身後傳來，一個金眼黑髮、唇紅膚白，看起來約莫十二、三歲的可愛男孩衝到我面前，拿著幾乎和他身高差不多的巨大湯勺，怒氣沖沖地在我面前揮舞著。

說句實在話，這樣的動作不但沒有絲毫威脅性，反而只會讓人覺得他可愛無比。他有時候生氣還會露出角和尾巴來，被發現之後便手忙腳亂，不知道該先遮住尾巴還是頭上的角比較好，那幅場景足以讓人整顆心都融化掉。

不過比起心化掉，恩利爾更厲害的地方，其實是能做出讓所有人舌頭都化掉的美味料理。就算是我們宮中最高傲的特級廚師，也不得不折服在這傢伙的高超廚藝之下。

而這可愛又厲害的傢伙，好巧不巧正是那個傳說中魔力無限、暴虐無道、恐怖無比，以喝人血吃人肉為嗜好的邪惡魔王。

這件事情告訴我們，傳說都是不可靠的……

「恩利爾，我好想念你喔！」

為了避免他生氣不讓我吃飯，我立刻擠出討好的笑容，激動地抓住他的雙手，一臉誠摯地對他開口。恩利爾很吃這一招，只要我嘴巴甜一點，他很快就會消氣，然後毫不吝嗇地拿出美食餵養我。

我認識恩利爾大約是在十年前，當時他的模樣和現在差距並不大。我被綁架到一個狂風暴雪的極寒之地，剛好遇上了聽說也是被綁架過去的恩利爾，在種種因緣際會的巧合下，我救了恩利爾一條小命，此後他就成為我的私人廚師，有事沒事便會來為我洗手做羹湯。

如果真要為這段故事取個標題，我想應該就是〈魔王的報恩〉吧？

「哼，妳明明就是想念我煮的食物。」

恩利爾嘟嘴甩開了我的雙手，轉身命人上菜，我則從容地坐下，期待著他從昨晚就開始幫我準備的美食陸續上桌。

不久之後，可供二十幾個人坐的長桌上擺了滿滿的食物，山珍海味包羅萬象，全部都是我的早餐。基本上我是不挑食的人，恩利爾煮的東西我都愛吃，不過在所有的料理之中，我最喜歡的還是他煲的維區湯。

維區湯可不是小裡小氣的湯品，而是以魔女愛用的大鍋所煲煮，裡面放了迦勒底山脈最大的草食生物烏魯克的尾巴、阿卡德湖底最罕見的庫提的眼珠子，再加上克喜特荒沼摩利樹的樹根慢火熬煮，佐以七七四十九種不外傳的香料，將這鍋湯煮成會發出光芒的紫紅色，才算大功告成。

這種湯我一口氣可以喝完一整鍋，可惜很少人能理解這種湯的美味，艾蜜莉雅曾委婉地向我表示，加了尾巴、眼珠、樹根而且煮出來是螢光紫紅色的湯品絕對很奇怪！

儘管有那麼一瞬間，我深感她說的很有道理，不過當我又聞到維區湯的香氣時，便恍然大悟——所謂的美食應該要超越一切疆界與侷限，不受世俗的價值觀所束縛，維區湯的美味正是如此。就算它會噴出七彩螢光我都願意喝，何況只是一鍋螢光紫紅的湯呢！

「十天後我會讓沃爾來接妳，拜託妳這幾天節制一點，不要吃太多，當天衣服也不要穿太重，這裡離我的城堡卡斯凱楚斯很遠，沃爾要載妳是很辛苦的。」

他把超大湯勺放進鍋裡，邊努力攪拌維區湯邊碎碎念道。

沃爾是恩利爾最疼愛的坐騎——一條威風凜凜且會吐火的黑龍，身長足足有十公尺，如黑曜石般閃閃發亮的鱗片緊密排列覆蓋全身，粗壯且帶刺的長尾只要輕輕一掃，大概就能把一整排士兵掃倒。

牠最特別的地方就是腳的部分有白鱗，遠看是一隻穿白襪的黑龍，喜歡吃的東西是甜甜圈，最擅長的是噴出龍息把人頭髮燙捲。在恩利爾的城堡中，沃爾甚至還有一間燙髮室，提供許多怪物改頭換面的機會。

「好啦，我會少吃一點，反正到了你家後天天都有大餐吃嘛！我知道你一定會準備很多東西讓我享用的。」

「嘖……我、我才不會幫妳準備大餐呢！不要以為我很期待妳來玩。」

恩利爾冷哼一聲，又揮舞起湯勺，我則樂得呵呵直笑，姿態優雅地拿起刀叉，以迅雷不及掩耳的速度輕鬆解決一隻烤乳豬。想到未來數月可以快活地過日子，我幾乎要哼起歌來。

只是我忘了，本公主向來都不是坐享其成的命……

Chapter 2

隨身攜帶廚師才是真勇者

天很藍，雲很白，風在我耳邊呼呼吹個不停。

我目前正在體驗一種刺激的飛行方式，巨大的龍爪扣著我的十六吋腰，讓我在高空晃啊晃啊的，加上我披頭散髮、衣裝凌亂，在旁人眼中看起來說有多可憐就有多可憐。

只是我現在的心情並非無助，而是感到有些不對勁。

今天早上，我一如往常地在陽台上唱歌，然而歌曲尚未結束，一隻黑龍就在眾目睽睽下氣勢洶洶地噴火而來，以巨大的龍爪一把將我攫住，在眾人的驚呼與我叫破喉嚨的救命聲中迅速綁架了我。

這樣的流程乍看之下很正常，但有幾個疑點：首先，我們確實是和恩利爾約好今天行動，但是正被牠抓在腳上的我，很清楚地可以確定這隻龍不是白襪子沃爾！

除此之外，本來的劇本是惡龍會先在天上盤旋一陣子，讓底下觀眾看清楚、製造恐慌氣氛後，再落在陽台上，睥睨環顧四方驚恐的人群，噴幾道龍息，把試圖衝上來挽救我的人燙個爆炸頭，最後才在眾人的驚呼與我叫破喉嚨的救命聲中，瀟灑展翅揚長而去。

仔細對照一下，方才這頭龍的種種表現和劇本相比，竟然只有十分之一相符，有偷工減料之嫌。如果這隻龍是沃爾，我一定會要恩利爾扣牠十個甜甜圈，問題是這隻龍並非沃爾，更大的問題是牠完全無法溝通。

「喂喂，這位龍先生……呃，還是小姐？我們可以稍微聊一下嗎？」

這隻性別不明的黑龍專心致志向前飛，我不得不提高音量說道。

「咳咳！龍……龍君，其實公主我最大的賣點就是美好的形象。即使被惡龍抓走，也應該被抓得楚楚可憐、淒美動人，而不是披頭散髮、狼狽不堪。你剛剛的動作太過粗暴，讓我形象崩壞，你知不知道啊！」

我滿心期待牠至少哼個一聲，誰知道牠對我不理不睬，只是一個勁地向前飛去，搞得在空中開口的我滿嘴風沙。

我像蛤蟆一樣吐完了滿嘴沙，冷靜分析完種種疑點，忍不住眉頭一皺，感覺事有蹊蹺。恩利爾和我認識多年，很清楚我是靠形象吃飯的，怎麼可能沒交代這隻龍要小心對待我？

而且我現在被牠抓得很不舒服，有一種非常想要揍牠的衝動。可是這隻龍應該是恩利爾的手下，所謂「打狗也要看主人」，我隨便揍恩利爾的龍，要是他到時候不煮飯給我吃該怎麼辦？

在我苦惱的同時，身邊的景物快速退去，設置第一道傳送魔法陣的休維塔納湖逐漸出現在我腳下。

恩利爾的城堡與這裡是有一段距離的，就算是魔龍全速飛行，大概也需要數天數夜，因此要盡快將我帶到目的地，用傳送法陣是最快的方式。

傳送法陣的傳送距離有限，必須在出發與目的地都布置好成對的法陣，且需要消耗巨大的魔力，一般很少會用這種方式做移動，說起來我也是第一次有機會體驗這法陣。

奇怪的是，明明已經到達第一個傳送點，抓著我的這隻龍卻沒有絲毫停下來的跡象，反而加快了速度向前掠去。

我本來就不是一隻鳥，在沒有任何遮蔽的情況下，於空中被粗魯地抓著快速飛行，已經非常不愉快了，而且現在牠的速度如此之快，我的腰又被勒得這麼緊，著實呼吸困難、頭昏眼花。

今天的太陽這麼大，更加讓我氣血上升。我眨了眨眼，看了看底下的休維塔納湖，不自覺地攥起了拳頭，狠狠地敲向腰際抓住我的那隻龍爪。

這隻龍身長十幾公尺，龍爪上也布滿了硬鱗，就算是個孔武有力的漢子徒手攻擊，恐怕對牠來說也不痛不癢，所以牠大概作夢也想不到一位看起來纖細柔弱的公主打起人來會這麼痛。

牠龍軀一震，哀鳴了一聲，稍微鬆開了爪子，我趁機調整姿勢。以我當公主多年，穿著千斤重衣舞動經驗所訓練出的高超技巧，在龍爪間轉了個身，並以倒掛金鉤之姿，雷霆萬鈞地往牠腹部凌厲踹了過去！

「吼喔喔喔喔！」

牠這次不只是哀鳴，而是狂烈慘叫，聲音淒厲到連我這個加害人都忍不住為牠掬一把同情淚。我腳上穿的可是能輕易踏破鐵鞋的殺人高跟鞋，剛才又是奮力一擊，如此殘酷的攻擊讓我懷疑自己算不算在虐待動物。

在這劇烈的疼痛之下，牠的龍爪完全鬆開，在空中的我便以極快的速度自由落體摔入湖中，激起巨大的水花。

從高空落水的我整個人沉到湖水深處，為了避免長裙成為阻力，我撕開了布料，蹬著腿憋氣往湖面游去，好在今天穿的衣服並不是平常那種足斤足兩的重裝，不然我看游一輩子都浮不上水面，只能當人魚公主了。

好不容易浮出水面探出頭來換了口氣，就看到剛才被我攻擊的可憐巨龍正在湖面上不遠處盤旋。發現我的蹤影後，牠紅著雙眼、鼻孔噴著火焰，以瘋狂的速度向我衝來。

我敢發誓，牠那怒氣沖沖的樣子絕對不是想要救我，想必剛才我那腳一定踢得牠五內俱焚，也難怪牠那麼火大。

在這情形下，我當然不打算坐以待斃，立刻深吸一口氣潛到水中。當牠把頭探進水面，試圖用銳利的牙齒咬住我時，便被我一腳狠狠踢斷門牙，狼狽地在水面上滾了幾圈，又慌慌張張地飛到空中盤旋。

於是情況演變成缺了牙齒、腿痛又腹痛的黑龍，在湖面上歪歪扭扭地盤旋，想要獵取在水中的我；但我當然不甘心被牠獵捕，所以時不時地找機會攻擊牠，以博取換氣的機會。

我怎麼也想不透本來應該是一趟輕鬆的旅程，為什麼會變成仇人相見分外眼紅的水中廝殺，果然是公主我太過衝動吧？

想到牠是恩利爾的手下，我心中有些懊惱剛才踢了牠那麼多腳，甚至踢斷了牠的門牙。公主的教養讓我深深覺得應該要道歉，可是現在這種氣氛，就算我舉白旗對方也不可能放過我，更別提找機會道歉了。

莫非今天一定要拚個你死我活才行？真希望這隻龍能恢復理智，回想起牠本來的目的。

正當我在水中憋氣，苦惱著該如何打破眼前的困境時，突然一聲巨響透水而來，將湖面震起陣陣波濤，水花翻掀一片混亂。

抬頭一看，天上虎視眈眈的那條龍也消失了身影，而身邊的水有越滾越烈之勢，感覺好像已經快要燒開了，這種情況下，當然是加速逃離這個區域才是上策。

我卯足全力手腳並用，全速往湖邊游過去，好不容易上了岸，終於能旁觀湖裡發生了什麼事。

「咦？怎麼會有兩條龍在裡面，難道剛才那條龍分身了不成？不對不對，分身幹嘛要打在一起？莫非是在爭執誰是本尊嗎？

唔……不對，有一隻是白襪子的龍，難不成是沃爾？沃爾為什麼會突然出現，還和這隻龍打起來啊！牠們不是一夥的嗎？」

正當我納悶不解時，背後傳來了細微的腳步聲，我看看自己渾身濕透、衣衫襤褸的模樣，正籌謀著要演出一齣「楚楚可憐公主受難記」，淚求對方帶我到安全的地方，哪知對方卻先開了口：

「……妮蒂？」

咦，這聲音好像有點熟悉？我緩緩回頭看向來人，還來不及驚訝，對方就激動地朝我撲過來：

「妳沒事真是太好了！我還以為妳被那個壞蛋抓走了！」

我拎起趴在我身上，拚命地用我的衣服假裝擤鼻涕擦眼淚的恩利爾，困惑地問道：

「不是說沃爾要來接我嗎……咦？你說哪個壞蛋要抓走我？」

恩利爾無辜地眨著含淚的金色瞳眸望向我：

「幾天前，我的總管大臣畢皮業發動政變，占領了卡斯凱楚斯。沃爾負傷衝破重圍帶著我逃出城堡，一路上躲躲藏藏，利用本來要接妳的傳送陣逃亡。」

「嗯？政變？你被政變了！」

我震驚地問道，恩利爾有些陰鬱地點了點頭。

「好不容易到了這裡，卻看到這隻叫林德的龍在附近盤旋。我們以為行蹤被發現了，決定出其不意先攻擊牠，沒想到妳也在這裡。」

「喔，那隻龍本來是要攻擊我的。」

「……妳對牠做了什麼？」

看到恩利爾懷疑的眼神，我趕緊打哈哈轉移話題：

「像我這種百無一用的公主，畢皮業抓我幹嘛？莫非他真的以為我美若天仙，想讓我當魔王夫人？」

「他當然是想讓『魔王抓走公主』這齣戲碼假戲真做，向奎德薩王室要求贖金，以便充實軍備，還好妳順利逃出來了。」

「原來如此……那我現在馬上回城堡向母后報告，請她把這次『勇者計畫』停下來。」

充滿行動力的我立刻站了起來，想將重要消息帶回去，孰料恩利爾卻拉住了我的衣角說：

「這樣不行，如果計畫停止，畢皮業就會知道我逃往奎德薩，可能會派大軍進攻。」

聞言，我開始仔細地上下打量著恩利爾，看得他渾身不自在，又是摸摸頭頂，又是摸摸背後，以為自己是露出角還是露出尾巴來。

我之所以會這樣看著他，是因為有些意外他其實滿有腦袋的，他一直以來都是個可愛又軟弱的角色嘛。

據我所知，恩利爾雖擁有魔族皇室血統，魔力卻一直很弱，他從十年前就因為魔力不足而無法長大，此外還時不時地會露出尖角和尾巴，這是魔族魔力強大者絕對不會出現的缺陷。

恩利爾的母親生下他時難產而亡，所留下來的產業就是東之魔城卡斯凱楚斯及所屬轄地。按理來說，魔力貧弱的他根本不可能繼承這份產業，不過恩利爾的兄弟們為了奪取王位而相互廝殺，在慘烈的兄弟鬩牆之後，只剩下一位哥哥和他而已。聽說他的哥哥因為已經獲得龐大的土地，以及魔界目前最大的城邦烏洛克，懶得與無用的弟弟爭奪卡斯凱楚斯，他才得以在這個角落平安生活。

看來可愛又有些迷糊的恩利爾，果然也是有些腦袋才能在這裡平安當了十年的魔王。我一直以為他只擅長廚藝，想來這些年來自己除了蹭吃之外，並沒有了解他多少。

「可是計畫如果持續下去，到了卡斯凱楚斯就會有不少人真的送命了吧……」我有些躊躇地說。

「轟！」

巨大的聲響把我們兩人拉回現實世界，兩隻龍的纏鬥似乎分出了上下，沃爾帶著恩利爾逃出來，本來受的傷就比較重，即使林德剛剛被我踢了好幾腳，狀況還是比沃爾好。

只見林德將沃爾壓在水中，沃爾的雙翅拚命扇動，湖面浪濤翻滾，狀況十分慘烈。

「你好歹也是個魔王，有沒有什麼遠距離攻擊魔法可以幫沃爾一把的？」

「我、我無法不靠卡斯凱楚斯之杖來施展魔法，可是權杖被畢皮業搶走了。」

「唉……你這個樣子，難怪畢皮業會想叛變了。」

「但我有記得帶著卡斯凱楚斯之囚，只要林德昏厥後，我就能把牠收起來。而且……我有帶鍋子！」

「鍋子？你逃出來竟然只記得帶鍋子？」

「是煮維區湯的鍋子！這只鍋子是最適合煮維區湯的湯鍋啊！」

「恩利爾對不起，是我誤會你了，沒想到你逃跑的時候仍掛念著我最喜歡的湯品！」

「哼！妳知道就好。」

「既然這樣，你現在就把鍋子拿出來吧！」

「妳現在要喝湯？」

「當然不是，我要救沃爾。」

我目光堅定地看著快要被溺死的可憐沃爾，先把高跟鞋跟扳斷，挽起濕透的袖子，隨後接過了恩利爾遞來的鍋子，在他滿臉崇拜的表情下單手抬起了它。

從前從前，有一位公主在水邊玩金球，球不小心掉到水裡，她只好拜託在水邊的青蛙……離題了，總之這個故事告訴我們，公主是會玩球的，而且玩的還是不怎麼輕的球。我平常的娛樂活動之一，就是丟丟鉛球。

因為我比普通的公主稍微多了點力氣，個子比較高䠷，慣用的鉛球也比常見的大一點，約有半個成人高，想要完美地把這個巨大的鍋子丟到林德身上實在不難，畢竟牠是個很大的目標。

為了能丟往更遠的距離，我還稍微助跑了一下，做了個完美的滑步，巨大的鍋子脫手而出，在空中以優美的曲線旋轉了六圈半，不偏不倚地打到了林德的頭。

那一瞬間，林德又從嘴中噴出了幾顆龍牙，甚至可以看到牠那黏答答的口水飛濺而出，半張龍臉簡直都要歪掉了。我這個下手的人看了都覺得痛，更何況是被揍的牠呢？牠連慘叫聲都來不及發出，重重地摔到湖裡，逼出不少湖中活魚驚慌扭動，又撲通掉回湖裡。

沃爾死離逃生，一時間還有些搞不清楚狀況。牠爬起身子東張西望，看到恩利爾又叫又跳地對牠揮手才回過神來，扇著巨大的翅膀飛向我們。

恩利爾拿出了一顆比成人巴掌略大的水晶球，低喃念了一長串的咒語，水晶球緩緩自他手中離開，飛到半空中大放光芒，籠罩剛才林德墜落的湖面。沒多久之後光芒消退，水晶球回到恩利爾手中，原本透明的球體變得略帶淡粉色，裡頭還有一個小小的龍影沉睡其中，仔細一看，正是剛剛被打歪臉的林德。

「這顆水晶球就是卡斯凱楚斯之囚？」

「嗯，卡斯凱楚斯之囚與魔物的契約是絕對的，但需要配合卡斯凱楚斯之杖。林德雖然曾和我訂下契約，不過在目前這種狀況下必須打昏才能封印牠。」

「嗚嗚……太感動了！以前玩鉛球時造成了大家一些小困擾，沒想到今天能派上用場。」

「什麼小困擾！聽說妳把城牆都給打垮了，守衛還以為外敵入侵，拚命敲響警鐘。」

「可是後來、後來母后就找了一個需要挖池儲水的地方讓我練球，在我學成返家時，那地方也被砸出了無數坑洞，不但可以引水成池、灌溉農田，甚至還得到了『公主之淚』這樣浪漫的名稱，無論是從農業或旅遊的角度來看，公主我也是對國家有點建樹的好嗎！」

「…………」

「總、總之我一早根本來不及吃早餐，就被林德抓走了，還與牠上演了一場肉搏戰……」

「好了，別用那種眼神看我，我知道妳肚子餓。沃爾，把鍋子撿回來，順便抓一些兔子和魚。妮蒂，妳蹲下來。」

恩利爾突然對我這麼說，我有點搞不清楚狀況地蹲在他身前，接著就看到他脫掉衣服外袍，直接往我頭上罩下。

恩利爾的動作讓我嚇了一跳，還來不及問他幹嘛給我衣服，就聽到他繼續說道：

「披好衣服後就快去撿點柴來，讓沃爾生火，我要去採點野菜。」

我望著他消失在林間的背影，又低頭看看自己身上的衣服。

恩利爾比我嬌小許多，因此這件長袍罩在身上只能蓋到我的大腿而已。由於今天本來就預定要被龍抓走，為了避免走光，我有多套一件七分緊身褲裝，恩利爾的衣服雖然遮不住我的腿，倒是剛好能遮住我濕透的上身。

原來他除了擅長廚藝外也滿體貼的嘛！如此賢慧的魔王，為什麼會有人反叛他？難不成畢皮業其實是想抓恩利爾當老婆？

在明確的分工下，恩利爾很快就弄出了一頓熱騰騰的餐點——雖然這些東西還不夠我塞牙縫，但有得吃總比餓肚子好，讓我的心情十分美麗。

「你接下來打算怎麼辦？」

吃飽喝足後，我慵懶地躺在樹蔭下問著跪坐在我面前、姿態比公主我還端莊的落難魔王。

此時為了讓沃爾能好好療傷，恩利爾利用卡斯凱楚斯之囚將牠縮成小小的龍，身長只有他的半個手背那麼長，現在正乖乖地趴在恩利爾身邊休息。恩利爾摸了摸沃爾的翅膀，有些激動地說：

「先把妳送回去，我再與沃爾回去救那些被抓走的部下。畢皮業不知道城堡有條密道，我們可以從那裡進去。」

我看了看恩利爾，又看看他身邊的沃爾，好奇地問：

「只有你和沃爾逃出來？」

恩利爾點點頭。

「光憑一個不會魔法的魔王，和一隻身受重傷的白襪黑龍，就想要反撲新任的大魔王？」

「我、我、我會魔法好嗎！我是魔王耶！」

「但攻擊力竟然比不上一個丟鍋子的公主。」

「妳又不是普通的公主。」

「唉。」

我嘆了口氣，起身走到湖邊，對著水面看看自己的模樣。

剛才生火之後，恩利爾便叫我在火堆旁烤乾衣服。現在我披著他的上衣外袍，下身搭著緊身褲，看起來還滿有模有樣的。

我身材纖細、高䠷，而且平胸，經過方才水中的一番廝殺後，艾蜜莉雅精心幫我化好的妝和染金的髮色都消失了，露出本來的模樣。水面倒映出的我，說是位五官清秀、長髮飄逸的男子，也不會有人懷疑。

「本來設置在湖邊的傳送法陣在哪裡？」我轉頭問向恩利爾。

「為了避免被畢皮業追蹤，我把一路上使用的傳送法陣都破壞掉了。」

「當初勇者地圖是你和母后共同規劃的，所以你知道這附近最近的村落怎麼走嗎？」

「最近的村落是米朗村，不過離這裡有點距離，要走上一段路。」

「很好！快拿起你的鍋子，準備出發吧！我要和你一起去卡斯凱楚斯。」

「為什麼？」

恩利爾有些錯愕地說：

「我帶妳去米朗村通知艾蜜莉雅來接妳，妳就能平安回去了。」

「你之前說過勇者計畫不能停，不然畢皮業可能會攻打我國對吧？」

「嗯。」

「但是計畫持續下去，在畢皮業的統治之下，一批一批的勇者到了卡斯凱楚斯，等於是真的去送死了。」

「確實是有這種可能，要是我回去得慢一點的話。」

「所以你必須盡快奪回魔王寶座，好讓一切都恢復原樣。但現在憑你和沃爾一人一龍，要奪回卡斯凱楚斯簡直就是天方夜譚，不是嗎？」

恩利爾遲疑了一會兒，才心不甘情不願地點了頭。

「反正都是要打魔王，不如我們將計就計，組個冒險團隊衝到卡斯凱楚斯，成功機率應該比較大吧。」

我撥了撥頭髮，拔下了藍鑽耳環遞給恩利爾：

「到了米朗村，你就把這個換成裝備，再去找同伴，一同討伐卡斯凱楚斯的魔王，拯救蕚特妮蒂公主！」

「這樣真的行嗎？」

恩利爾的眼裡流露出一絲不信任感，我則語氣堅定地說道：

「只要我們同心協力，一定可以成功的！而且我真的不放心只有你和沃爾一起回去……不過這一路上你得負責我的伙食喔。」

大概是被我熱情澎湃的態度打動了，恩利爾偏著頭思索了一會兒，才緩緩開口道：

「好。」

♛

抵達米朗村之前，我和恩利爾已經討論好不少計畫——

首先為了避免太招搖，到人多的地方還是得先把沃爾藏起來才行。於是恩利爾將牠放入卡斯凱楚斯之囚，既可以帶著牠走，又能讓牠休養。

再來為了掩人耳目，我們當然都需要改變身分。

「妳當然是勇者，就叫杰克好了！」恩利爾很快就幫我取了個化名。

「呃，好吧！杰克我是為了要成為波達爾大陸上最強的男人而踏上旅途。至於恩利爾你就是我同鄉的廚娘恩莉，為了找尋波達爾大陸上最珍稀的食材，和我一起離開了自小生長的故鄉。」

「我為什麼是廚娘？既然是為了尋找珍稀食材，當個美食獵人不行嗎？」

「你看看自己的模樣，我認識你這十年來都差不多，看起來依然只有十二歲，如果你打扮成女孩，說自己身材嬌小、發育較慢，比較會有人相信；如果說是出來冒險的少年，到哪兒都不會有人相信！」

我搖了搖頭，繼續解釋：

「畢皮業現在一定到處派手下在找你，目標絕對是設定成十幾歲的男孩而非少女，扮成女孩最安全。」

在我百般勸說之下，恩利爾終於接受自己得扮成女孩的事實。但我沒告訴他的是，恩利爾這麼可愛，穿女裝一定會萌翻天，屆時還怕招不到同伴嗎？

更重要的是，我從十年前認識恩利爾開始就很想看他穿女裝了，等了十年，這願望終於有機會達成……

米朗村算是一座大村落，在勇者計畫中，這個村落有新手村兼中繼站的功能。當我們到達時，本公主被魔王綁架的消息已經傳到這裡了，村裡到處都充滿了整裝待發的有志之士。

我先典當了耳環，換取兩袋金幣，隨後便和恩利爾一同去買衣服。因為是勇者計畫的重點村莊，這裡不但有各種商店，裡頭的物品也相當齊全。

由於計畫才剛開始，店裡相當熱鬧。眼見店員們都忙著招呼客人，我和恩利爾便自行參觀。在眾多衣服中，我卻突然眼前一亮，拿起了一件前胸緞帶交叉，作露背設計的粉紅色及膝短裙洋裝給恩利爾。

恩利爾立刻像是炸毛的動物般大聲喊著：

「為什麼是粉紅色的？而且這麼露！我要黑色的，還得包緊一點！」

我嘆了口氣，指了指另一件衣服：

「那這套可以嗎？」

那是一件高領的黑色洋裝，上面同樣充滿了蝴蝶結、緞帶與蕾絲，底下搭著白色蕾絲襯衣，看起來既性感又可愛，不過剛好符合恩利爾的要求——黑色的，而且包很緊。

「可以。」

恩利爾打量了那衣服一會兒，竟然點頭接受了，我不由得大吃一驚。沒想到認識這麼多年，我還是猜不透他的品味。

挑完恩利爾的行頭，該來選我的裝備了。恩利爾首先拿起了一條金屬製的頭帶，往我額頭上比去，示意我套在頭上。

「這個看起來好老土。」

「可是十年前的勇者都會戴這個。」

恩利爾用手比劃出怒髮衝冠的樣子：

「他們的頭髮都抓得很高，而且一定會配備這種頭帶，應該是有什麼重要的功能吧。」

「真的嗎？」

我遲疑了一下，接過了頭帶。接著他又拿起了一件披風說：

「這個也是必備的。」

「咦，是這樣嗎？我以為王子才穿披風，沒想到勇者也需要同樣的配備。」

我披上披風，在鏡子前轉了兩圈，頗為滿意地點頭：

「當遇見一個衣衫不整的落難公主時，披風是很能博取好感的道具。」

「印象中，勇者還需要護手、護膝、皮帶……啊，這裡也有長靴，一起購買比較方便。」

「好啊！不過我還想挑一些不同顏色與款式的頭帶、上衣，以及褲子。」

「妳只要挑好一套，再購入三五件同樣款式的就行了。」

「為什麼？每天都穿一樣的不是很奇怪嗎？」

「每天都穿不一樣的才奇怪。為了讓大家印象深刻，方便在人們口中流傳，勇者的服裝一旦確定，就會天天穿相同款式的衣服。」

「那你也打算每天都穿一樣的洋裝嗎？」

「當然，我對外的魔王裝也是固定款式的。」

「……好吧。」

為了確認裝扮與身分符合，我和恩利爾換好了服裝，站在鏡子前上下打量。現在的恩利爾是一位不折不扣的美少女，穿著黑色蕾絲洋裝、拿著超級大湯勺的他看起來完美無缺，保證沒有人猜得出來他是魔王。

而我的長髮實在無法抓成沖天髮型，只能勉強紮成粗辮。不過在額頭上套上頭帶、穿著便於行動的衣褲與皮靴，再披上一條帥氣的披風後，看起來還挺帥的！就連我自己都不相信我是個公主了。

「買好衣服就要挑武器了。不知道武器店在哪裡？」

付完了錢，踏出服飾店門口後，我開始東張西望。

「就在對面，新手村的店鋪位置都是安排好的。」

「喔喔！那我們快點進去吧。」

武器店同樣也是人潮洶湧，不過武器畢竟和服裝不同，不方便隨便拿來試試，必須要有店員陪同才行。我們等了很久，終於等到了一個聽說是老闆的傢伙滿臉笑容迎了上來。

「兩位想要看什麼武器呢？本店有劍槌刀斧，也有各式魔杖法杖，絕對可以滿足您的需求。」

「『他』需要一把劍，劍身要沉，柄要夠重，如果沒有適合的，巨劍也可以。」

恩利爾指著我開了口。我發現他和別人說話時與面對我的態度完全不同，語氣冰冷不說，態度也有些高高在上，搭配那一身黑色蕾絲裙裝，真的是冷豔得讓人想叫一聲女王。

沒想到這麼萌的恩利爾扮起高冷少女也絲毫不遜色。當我在心中讚嘆他的演技時，老闆也似乎懾於他的氣勢，結結巴巴地問道：

「那……那您呢。」

「我不需要。」

聽到恩利爾這麼說，對方立刻唯唯諾諾地退下，沒多久之後便戰戰兢兢地以雙手奉上了一把長劍給我，似乎有些不放心地說：

「太重的劍不方便揮動，這把劍應該比較適合勇者大人。」

恩利爾微微皺起眉道：

「這把不行。」

我的身型看起來並不健壯，不像是能拿起更重的劍，老闆因此有些無助地看了看我。為了避免讓他太難堪，我立刻笑嘻嘻地接過那把劍說：

「可以的，我試試看。」

不過當我雙手握緊劍柄，打算做出用力一揮的動作時，劍柄就因為我的握力應聲而斷，讓老闆的臉色更難看了。

我看著手上的半截劍柄，以及地上橫躺的劍屍，只好乾笑道：

「不好意思，這把我買下。」

「不不不，是我有眼無珠，不知道您的實力。我立刻再拿把合適的劍給您。」

可惜的是，在我握斷十柄劍之後，老闆終於忍無可忍，淚流滿面地把我拉到角落：

「這位貴客，我看您相貌堂堂、骨骼精奇，想必是百年難見、萬中無一的史詩級英雄，小店的兵器完全都配不上您啊！」

「那該怎麼辦？我總是需要一把武器才能上路啊！」

「小店出去後直走右轉，在村落的邊界附近有一間傳說中的武器鋪，那鋪子表面看似平凡，實則內藏無數傳說中的兵器，相信您在那裡絕對可以覓得稱手的武器的。」

看他哭得這麼慘，我只好在他千推萬請之下摸摸鼻子，帶著恩利爾去尋找那間傳說中的武器鋪。

我們依據武器店老闆的指示來到米朗村邊界附近，果不其然地看到一堆人不知圍著什麼，隱約還能聽見「神器」、「傳說」之類的爭論之聲。

我和恩利爾擠到圍觀的人群之中，發現大家所圍觀的竟然是一截平凡無奇的樹根頭，上面還嵌著一把斧頭。

說樹根頭可能很奇怪，實際上那就是一棵樹被砍了一半之後，樹根還留在土裡，有年輪那平整的切面，一般都是被拿來當成劈柴用的墊子。

在年輪正中央的斧頭雖然貌不驚人，嵌在上面倒顯得十分自然，彷彿是一個人砍完了柴，順手放在那裡而已。

「喔喔喔！終於有人要來試看看這件神器了嗎？」

「這人看起來力氣很大，不過傳說中的武器並不是用力氣就能拔出來的吧！」

「上啊！把它拔出來。」

「加油！不要丟了我們的面子啊！」

此時眾人一陣騷動，只見一個約兩公尺高的彪形大漢氣勢洶洶地站在樹根頭前，煞有其事地蹲起馬步，將雙手放在斧柄之上。

「喝！」

他大吼一聲，手臂肌肉隆起，奮力想要拿起斧頭，奇怪的是那斧頭卻一動也不動，本來鼓譟的眾人零零落落地發出一些噓聲。

大漢面紅耳赤，又大吼了一聲，聲音驚得林中的鳥都紛紛飛起。

看來他用上了吃奶的力氣想要拔出斧頭，卻徒勞無功。喝倒采的聲音越來越大，大漢氣急敗壞地用腳撐住樹根，不顧形象想以蠻力將斧頭往外拔。

然而看他使力使到渾身發抖，卻不見斧頭有任何一點動靜。

「真沒用，這樣還拔不出來。」

「認清真相吧！你不是傳說中的勇者。」

「閃開，讓專業的來！」

在眾人的奚落取笑聲中，壯漢狼狽不堪地一溜煙跑走了。

很快的，又有另一個人走出人群，嘗試要拔出斧頭，結果也是無功而返。

「果然還是沒有人能拔出這把『天選之翼』。」

「再怎麼說，這也是湖水女神賜福的斧頭啊，怎麼可能被隨隨便便的人拔起來？」

「湖水女神賜福的斧頭？」我好奇地問道。

那些討論的人聽到我這麼問，立刻你一言我一句，興致勃勃地開始對我解釋：

「很久很久以前，米朗村有個樵夫不小心將斧頭掉到湖水中。當他在湖邊為此而惆悵時，湖水女神拿著金銀斧頭出現，問樵夫掉的是金斧頭還是銀斧頭。不過這個樵夫很誠實，告訴女神自己掉的是一把普通的斧頭。」

「女神很高興他的誠實，不但把值錢的金銀斧頭給了樵夫，還在他原本的斧頭上賜福，讓那把斧頭成為神之器。」

「沒錯！而且這把斧頭被賜福之後，除了攻擊力大大增加之外，還有一個神奇的作用，那便是無論丟到哪裡，斧頭都可以回到樵夫身邊。樵夫再也不用為了丟斧頭而苦惱，反正斧頭一定會回來，他愛怎麼丟就怎麼丟。」

「後來樵夫成為勇者去征討魔王，持著這把斧頭取得不凡的戰績，成為英雄，享盡榮華富貴。」

「後來在樵夫離世之前，便將這把斧頭放在他昔日劈柴之處，並留下了一句名言──『能拿起這斧頭者，便能戰勝魔王』。」

「之後年年都有勇者到此想要拔出斧頭，可惜嘗試的人雖然無數，斧頭卻依舊屹立不搖，只能等待天命之人來取它了。」

「原來如此。」

聽完了這個精彩的故事，我點了點頭，立刻轉身對恩利爾說：

「我們還是快點去找那家武器鋪吧！這把斧頭這麼多年沒拔出來，大概也不會在今天被拔起，再看下去也看不出什麼名堂。」

恩利爾聽到我這麼說，似乎有些無言，沉默了一會兒才開口問：

「妳不想試試看嗎？」

「我覺得用買的比較實在，畢竟什麼『傳說中的斧頭』感覺實在太詭異了。」

恩利爾看看那把斧頭，又看看我，似乎還想說些什麼。為了避免被他推出去成為眾人的笑柄，我立刻抓住旁邊的村民問道：

「不好意思請問一下，聽說這附近有一間傳說中的武器鋪，不知道是在哪裡呢？」

「你竟然要找那間武器鋪？」

「聽說裡面有賣優良的武器，我們才想去看看，那家店有什麼不對勁的地方嗎？」

「裡面的武器確實不錯，但老闆的脾氣相當古怪，會指定顧客要買什麼東西。而且如果覺得你不適合她的商品，不管出多少錢都不願意賣你。」

聞言，我不置可否地聳聳肩。如果老闆不願意賣，那當然不能勉強啊，畢竟我也不見得能找到自己握不斷的劍。

在好心人的指示下，我和恩利爾終於找到了這傳說中的武器鋪。鋪子外頭看起來非常不起眼，破破爛爛又非常陰暗，木門緊緊關起，要不是門邊有鐵與火的招牌，還真的會讓人以為找錯了地方。

我和恩利爾互看了一眼，走上前去敲門。

——叩叩叩。

門內毫無動靜，我們等了一會兒，再度敲門。

——叩叩叩。

等了許久，依然毫無動靜。正當我們討論著該不該離開時，老舊的木門「嘰啊」一聲打開了條細縫，隙縫中有隻滿布血絲的眼睛，甚為駭人地瞪著我們數秒之後，木門才完全打開。

這位武器店的老闆是個看起來年紀極大、頭髮蒼白、滿臉皺紋還駝著背的老太太。她的表情十分陰沉，手上還拿著一把掃把，彷彿是從暗黑森林中爬出來的壞巫婆。

「剛剛在打掃。」

她揮舞著掃把，以像是吞過砂礫的沙啞嗓音說道，並側身讓我們進入店鋪裡。

一踏進店裡，我和恩利爾差點閃瞎了眼，這間外觀不起眼的武器鋪裡竟擺滿了金光閃閃的武器們！

之所以金光閃閃，並不是因為上面鍍了金或鑲了鑽，而是那些寶劍、長矛、刀具等每一把都散發出璀璨的光芒，逼得人難以直視……莫非這就是神器寶具不同凡響的氣質？

「高等聖光照明術，定向追蹤加強版！」恩利爾口氣儼然地說道。

「算你有見識。」

老闆冷哼一聲，揮揮掃把，那些金光閃閃、瑞氣千條的神兵利器們立刻消失光采，變得平凡無奇，我不禁目瞪口呆。

所以這個魔法師老闆究竟賣的是傳說級武器還是詐騙武器？我心中百般懷疑地拿起了一把劍，用力一握。

劍柄毫無反應，只是個劍柄。

我突然有些激動，畢竟之前我握一把斷一把，現在忽然出現了一柄堪拿的劍，怎能不讓我感動？我立刻想問老闆這把劍怎麼賣，可惜我只是看向老闆，還來不及開口，她就用一種陰沉的口氣說：「這把不賣你。」

說完，她佝僂的身影緩緩移動著，從店舖裡可疑的黑暗角落，摸出了一只有著圓滑鍋身、鍋內暗泛光澤、鍋外簡潔古樸的平底鍋遞給我。

在我還搞不清楚狀況前，她便咧嘴而笑，露出已經沒剩幾顆的牙齒對我說道：

「這把是你的。」

我拿起了那只平底鍋，用力握住，左右揮舞了幾下，鍋身發出了咻咻風切聲，顯示出它的不凡。而鍋柄在我的全力施展下依舊沒有斷裂的跡象。

我摸了摸觸感不凡的鍋身，體會到這是一把好鍋子，連一旁的恩利爾都雙眼發亮，彷彿對這鍋子十分心動。

我又揮舞了它幾下，深感十分順手，但心中還是有些疑問，忍不住用困惑的眼神看向老闆。老闆立刻回應道：

「買就送贈品。」

說完，她慢吞吞地從旁邊摸出了個疊起來的東西遞給我。我接過那東西抖開後，赫然發現那是一件圍兜兜。

而且還是用紙做的圍兜兜！

它的中間有一道書本翻開的圖案，老闆慢條斯理地指著那圖案說：「這是說明書。」

我看了看平底鍋，又看了看那用紙做的、內附說明書的圍兜兜，已經不知道從何吐槽起。我本來要買把武器，卻被推銷了廚具，這樣真的沒問題嗎？

誰知道當我正在遲疑時，恩利爾竟然和老闆討價還價了起來：

「我們本來需要的是征討魔王的武器，妳要我們買不夠鋒利的平底鍋就算了，至少贈品要有誠意點。」

「等等，恩利爾，平底鍋的問題應該不是在於不夠鋒利，不然我買把菜刀就可以上路了。還有，你為什麼要為了贈品和老闆討價還價？你是真的想讓我買下這把平底鍋嗎？」

「還有個贈品。」

「喂喂，你們兩個別丟下我自己跑去看贈品啊！要用武器的人是我！而且你們為什麼又走回剛剛放傳說中神器的地方？」

只見老闆泰然穿過人群，指著中間的斧頭說道：

「那個是贈品。」

她停頓了一會兒，又說道：

「自己過去拿。」

「喂，恩利爾你聽到了嗎？老闆因為自己附的贈品很糟糕，所以叫人去拿一個拔不走的斧頭當贈品！我真的要和這種吝嗇的老闆買平底鍋嗎……等等，為什麼我得買一只平底鍋當武器，這當中一定是有什麼搞錯了吧？」

「杰克，雖然你說得好像不想買這把平底鍋，但你的手一直都沒放開這把鍋子啊！」

「不、不是的！只是這把鍋子抓起來很順手又握不斷，我才會一直拿著。而且看到鍋子就會想到食物，感覺比較親切……所以我……若是買了平底鍋當武器，這段勇者之路一定會變得很奇怪！我、我現在立刻放下。」

哪知道我還來不及放下平底鍋時，四周突然一陣地動天搖。

「哞吼吼！」

詭異的巨吼突然出現，不遠處煙塵滾滾直奔而至，本來在圍觀斧頭的眾人一陣騷動。

「那是什麼？」

「天啊！好大一群牛頭人。」

「牠們拿著武器衝過來了！」

只見無數隻頭有雙角、毛髮散亂的牛頭人手持巨斧、紅著瞳鈴牛眼、口吐白沫直向村莊衝來。

「你看牠們搖頭晃腦、狂噴口水，絕對不是普通的牛頭人，而是得了瘋病的瘋牛人，比牛頭人還危險上一百倍！」

「快逃啊！」

看熱鬧的人們紛紛走避，只留下一些勇者緊握著武器，以熱切的眼神看著那群瘋牛人。

「為了防止村莊被破壞。」勇者甲說道。

「為了維護村莊的和平。」勇者乙說道。

「為了取得牛角換取金幣。」勇者丙說道。

「為了晚餐的牛排。」勇者丁說道。

「衝啊啊啊啊！」

作為勇者計畫的籌備參與人之一，看到世界上有這麼多勇者真的很欣慰。

「呃啊……啊啊啊！」

可惜那幾個勇者衝上去之後，便悽慘地被瘋牛人輾過，不是被牛蹄踐踏，就是被瘋牛揮舞的木棒打飛，成為天空中閃耀的一顆星。

他們的戰鬥力如此之低，究竟要如何抵達魔王的城堡拯救公主我啊？我心中無比感嘆，可惜現在並不是能悠悠哉哉做這種事的時候。

「恩利爾，那些瘋牛人來勢洶洶，數量又多，我們還是快逃吧！」

「主人您何必要逃，這些瘋牛人根本不是我的對手！」

正當我抓著恩利爾打算逃跑時，一道音量雖然微弱，口氣卻很臭屁的聲音在我腦中響起。我四處打量了一會兒，沒發現什麼東西，最後只能將視線停駐在手中的平底鍋上。

Chapter 3

就算有聖名
還是把平底鍋

不會吧？這把平底鍋莫非……我先是搖了搖它，接著又轉了轉它，果不其然，那道聲音再度響起。

「主人，沒錯，就是我在說話！不過如果您不開口，我是不知道您在想什麼的喔！」

我在想，要是我對一把平底鍋說話，別人一定會覺得我精神異常吧。

「呵呵呵，我知道主人您一定是被我流利的口才、帥氣的儀表迷住了，所以才會說不出話來吧！您別害羞，我就是傳說中的『聖．平底鍋』，一如傳說中的聖劍、聖靈，在鍋界我可是人人景仰，風靡千萬少女，崇拜我的人如那滔滔江水連綿不絕。能成為我的主人，實在是您三生有幸啊！」

我實在不想開口叫一個平底鍋閉嘴，於是直接鬆手把它甩飛出去。然而這鍋子像是有靈性一般，以優美的身姿在空中轉了六圈半之後，好巧不巧地砸到一個頭上有著金牛角，看起來像是大王的瘋牛人牛臉上。

那張本來就比大餅還大的牛臉被平底鍋這樣一砸，變得更平又更寬了，吐出的長長牛舌甚至還黏在臉上，說有多猙獰就有多猙獰。

雖然隔著一段距離，我卻能看到牠大大的鼻孔噴出怒氣，牛眼也瞪大發出紅光看向我。

我忘了，那只鍋子本來就有靈性，會飛到瘋牛大王頭上也是理所當然的，畢竟它是聖・平底鍋嘛！我敢發誓它絕對是故意的！

「哞吼……給我殺！」

瘋牛大王將牠比較華麗的木棒重重指向我，引得所有雙眼通紅的瘋牛人齊齊往我的方向看來。

公主我從十二歲時就在陽台上唱歌，現在芳齡十七，陽台下多年人山人海，什麼場面沒見過，就是沒見過一群瘋狂的牛頭人對著我流口水，並轟轟烈烈地迎面撲來。

看這樣的場面，逃也來不及了吧？

恩利爾反應倒是很快，立刻拉著我找了距離最近的遮蔽物，也就是放著「天選之翼」的樹根後方閃避攻擊，接著指了指它說：「反正是贈品，現在情況緊急，拿著防身也好。」

「我還沒有買下那把平底鍋啦！而且你以為這贈品可以說拿就拿……咦？」

我本來只是隨手一揮打向天選之翼，孰料就順勢撈起這把據說沒人能拿起來的斧頭。還來不及驚訝，一頭瘋牛人便已率先持著比我大腿還粗的木棒，向我衝來，帶著恨不得將我一棒打成肉醬的氣勢，往我身上擊落。

我當然不可能坐以待斃，順手將手上小小的斧頭揮砍而出。這斧頭不愧是經過女神祝福的神器，削棒如泥，毫不費力地把那根超大木棒劈成兩半，還不小心削去了瘋牛人的一塊鼻子。

被削去鼻子的瘋牛人哞哞哀鳴，摀著鼻子倒在地上滾來滾去，可惜我現在沒時間可憐他，瘋牛人下一波的攻勢又洶洶來襲，無數的木棒敲來，一時間劈柴之聲不絕於耳，我差點以為自己轉職為樵夫。

然而我雖能破壞牠們的武器，卻無法奪走牠們瘋狂攻擊的欲望，那些失去木棒的瘋牛人即使跌倒，隨後還是能充滿精神地爬起，繼續向我這裡撲來。在我好不容易劈完眼前十根柴時，第十一根柴……喔不，是木棒正迎面而來。

這次我避無可避，只能眼睜睜看著那巨大的武器重重朝我頭上落下。

——哐噹！

意料之中的劇痛並沒有出現，只聽到木棒敲擊金屬的聲音響起，我詫異地望著幫我擋住木棒的平底鍋，又看向手持平底鍋、出手擋下這一擊的恩利爾，有種劫後餘生的感覺。

「我幫妳把鍋子撿回來了。這真的是一把好鍋子，雖然個性有點難纏，不過應該很適合妳。」

他神色認真地說著，然後把平底鍋交給我。

「恩利爾，你究竟是如何在這些瘋牛人的無數牛蹄中撿回這把鍋子的？況且你既然這麼喜歡這把鍋子，又把它撿回來了，為什麼不乾脆利用它來戰鬥，還要把它交給我？」

「保護廚娘不是勇者的責任嗎？」

「好像是……」

恩利爾的這一句話總算讓我回想起自己拿起武器的初衷——沒錯，我可是要保護恩利爾的！於是我接過了平底鍋。

此時，聖．平底鍋開始在我腦中尖聲說道：

「主人，您這樣的方式太慢了！光是使用體力，無法將天下無雙的我的效能發揮到極限！您必須用腦，要用腦才行！」

我實在不太想搭理一把說我無腦的平底鍋，因此緊閉雙唇，全神貫注地抵禦攻擊。

「主人，我知道您害羞所以不願開口！沒關係，我忠心耿耿、大方可愛，即使您害羞，我也不會藏私，人家是一把不需要火也能自行加熱的鍋子，只要您再用力握緊我一點……啊啊……沒錯，就是這樣！啊哈……呼啊……」

在我不自覺地用力揮舞它，想要讓它閉嘴的同時，聖．平底鍋的鍋底竟然開始發熱，而且還發出了非常淫蕩的聲音，讓我真心想把它劈成兩半。可悲的是，眼下的我根本無法拋棄它。

它不愧是平底鍋界的第一把交椅，發熱起來攻擊力又更強了，每一頭被它拍擊到的瘋牛人都散發出三到七分熟牛肉的香氣，並且立刻倒地不起。

為了發洩自己心中的悲憤，我手上的力道幾乎可以捏爆鉛球。只聽見它一直大喊：

「嗚啊……！對，主人您真是太棒了，這麼有力，人家真是愛死您了……啊啊，放下那把斧頭，全心全意愛我吧！呼哈，我可以讓所有的瘋牛人都臣服在主人您的腳下啊！」

我真的很想叫這把鍋子閉嘴，但又總覺得若是開了口，從此就會往某條不歸路狂奔，再也無法回頭。

「呼哈！我心愛的主人，相信我的愛，讓我奉獻一切吧！用不對的方式戰鬥只會消耗您的體力，我知道您有吞噬現場所有牛的力量，想著要吃他們、讓牠們恐懼、讓牠們臣服吧！」

……大概只要拿著這把聖．平底鍋，我就無法不聽它的叨念。但我實在受不了它糟糕的語氣和說話內容，決定放下尊嚴，大膽一試，只求快快結束這場混戰。

抓住眼前的機會，我趁勢把天選之翼投擲而出，讓它砍掉前面幾個牛鼻子以爭取空檔，並以雙手用力握住聖．平底鍋的鍋柄，全心全意想著要讓現場所有牛通通團圓到我肚子裡。

「啊啊啊啊嘶……太棒、太棒、太棒了！就是這樣，主人，您真是太棒了！有了您的愛，我就能征服天下啊！瘋牛人們，快為自己不可擺脫的命運、無法違逆的恐懼悲鳴吧！看我的全．牛．無．煎．地．獄！」

聖．平底鍋在我的腦內大喊，鍋身也散發出七彩光芒普照，在光芒之中，我隱約聽見了一首奇怪的歌——

「煎了你、煎了你、三分五分七分熟♪煎了你、煎了你、把你煎得香噴噴♪煎了你、煎了你、把你吃光光，連骨頭都不留給你媽媽……」

這是一首聽起來既飢餓又悲傷的歌，餓是因為唱歌的同時還傳出了香煎牛排的味道，悲傷的是這些都是幻覺，而且這首歌的水準也太低落了！公主我在陽台上唱歌時也會亂編歌詞，但內容從來都沒有這麼糟糕過……不過被光芒照到的瘋牛人看起來更悲傷，牠們或用雙手摀住鼻子，或抓住牛角，近乎崩潰地跪倒在地上，然後嗚嗚地哀哞起來，讓本來暴亂的場面一片哀悽。

聽說屠戮無數的凶器都會沾染上千萬生靈的怨念與悲哀，散發出讓人膽寒與絕望的氣息，這把聖．平底鍋應該也是如此，煎過無數菲力、丁骨、沙朗、肋眼……有著不計其數的牛命在上頭，也難怪當它威能全開時，能瞬間奪去這群瘋牛人的所有戰鬥意志。

「主人，您看看我多棒！呼哈哈，您現在知道我的魅力……」

聖．平底鍋還在叨叨絮絮，我毫不猶豫地把它丟在地上，避免遭受它的話語荼毒。看到大勢已定，恩利爾從躲藏的地方爬出來，身上毫髮無傷，甚至連衣服都沒有亂。當我正思考著有哪些地方不太對勁的同時，他突然訝異地用雙手遮著嘴說：

「這些好像是附近本來比較溫馴的牛頭人，為什麼會變成瘋牛人攻擊米朗村？」

他蹲在昏迷不醒的牛頭人大王前，拔了一根稻草戳戳牠的鼻孔，接著面色凝重地說：「糟糕……畢皮業竟然讓手下散布狂躁之毒，讓原本應該無害的魔物變得會主動攻擊人，我們得早點阻止他才行！」

「恩利爾，你的這番話聽起來真的是正氣凜然耶……」

我正準備繼續方才被打斷的思路分析，恩利爾卻已七手八腳地攤開才買來沒多久的地圖，標上米朗村以及卡斯凱楚斯的位置，畫出了一條直線：

「只要我能取回卡斯凱楚斯之杖，就能壓制住畢皮業。城堡內的密道我很熟悉，希望能盡快到達。」

他又在那條線附近標了幾個點：

「考慮到用品的補給與躲避畢皮業的追蹤，我打算接下來走這樣的路徑。」

我仔細看了看他標的那幾個點，腦中毫無想法。實不相瞞，公主我是看不太懂地圖的，真要歸類起來，絕對不是足智多謀的類型。

恩利爾眨了眨眼，突然像是領悟了什麼，收起地圖說：

「沒關係，接下來跟著我走就是了。」

「好……哇！」

正當我們準備離開這是非之地時，武器店老闆神出鬼沒地出現在我面前，手上拿著聖．平底鍋，陰森森地說道：「使用後不退。」

無可奈何的我只好買下了這把囉嗦無比的聖．平底鍋當武器，並接收了贈品圍兜兜和斧頭。

慶幸的是，聖・平底鍋的價格不貴，我猜是因為它的個性上有著重大瑕疵。說起來，我覺得做為贈品的斧頭還比較好，拿起來既順手又安靜，並且能迅速確實地打擊目標……

等等，我怎麼會覺得一把斧頭安靜？一定都是因為聖・平底鍋太囉嗦的緣故。

那些瘋牛人醒了之後，全部恢復成原來愛好和平的牛頭人，看來聖・平底鍋似乎還有消除狂躁之毒的作用。牠們為此非常感謝我們，不但不計較我削了牠們的牛鼻子，還告訴我們一條抵達下個目的地的捷徑。

聽說那條捷徑會經過一座開滿花的廢棄城堡，不過事實總是比傳聞更奇妙。

「我覺得牠們一定是為了報復我砍掉牠們鼻子，才會告訴我們這條捷徑的。」

我指著眼前爬滿利刺荊棘的城堡，忍不住抱怨道：

「這根本就是一條荊棘之路。」

「而且還充滿白骨。」

這些荊棘上怒放著美麗而多瓣的紅色花朵。恩利爾以隨手撿起的樹枝翻了翻，赫然發現豔紅花朵底下散落著無數白骨與盔甲，看起來橫死在這裡的人不計其數。

聽說很久很久以前，有一位美麗的公主受到了詛咒，從此長睡不醒。為了守護她，城堡長出無數荊棘，等待一位充滿勇氣的王子用真愛之吻喚醒她。

看這些荊棘欣欣向榮的架式，恐怕那位美麗的公主到現在都還沒遇上真命天子，但已有不少男人為此送命。

「我們真的要走這條路嗎？」

「至少方向是對的。」

恩利爾召喚出正在卡斯凱楚斯之囚中打呼的沃爾，命牠噴點火把這些荊棘燒一燒，好讓出一條路來給我們走。沃爾雖然現在體積小，火力倒是很旺盛，很快地就把我們眼前的荊棘燒得零零落落，搭配天選之翼披荊斬棘，行進速度其實還滿快的。

只是我想來想去，總覺得一個公主扮男裝當勇者就算了，手持的武器竟然是斧頭，還有一把我不願意拿出來的平底鍋，這種形象怎麼想都覺得不夠優雅。

或許在「穿著千斤重衣服及高跟鞋輕盈跳舞」的絕技之後，我應該來訓練自己

「手持斧頭與平底鍋依舊能優雅攻擊」的高級技能。一個能優雅地使用平底鍋與斧頭攻擊的勇者，應該比會優雅唱歌的公主有賣點吧？

當我正為了未來籌謀時，我們已經走到了城堡深處，一座被荊棘緊緊纏住的高塔正矗立在前方。恐怖的是，不少白骨掛在高塔的荊棘之上，黃昏的天空中有不少烏鴉盤旋，在血紅的夕照下顯得特別陰森詭譎。

「傳說中的公主還在上面沉睡嗎？」恩利爾停了下來，饒富興趣地問道。

「天知道，說不定這只是一個因為戰爭而荒廢的城堡，真正的公主不是早就逃離就是作古了。」

「沃爾你上去看看。」

恩利爾推推沃爾，牠立刻拍著翅膀往高塔上飛去。我看著牠逐漸縮小的身影，不禁問道：

「沃爾現在還是不會說話？」

「嗯。」

沃爾其實是高階龍族，能言語並施展魔法，但牠從小就是隻啞龍，恩利爾想了很多方法希望牠能開口說話，至今卻依然沒有任何改善。

只見沃爾緩緩飛到塔頂，然後慌慌張張地飛回來，不停發出嘎嘎聲。

「上面真的有人在睡覺嗎？」

牠相當激動地拍著翅膀表示肯定。我和恩利爾互看一眼，禁不住好奇心，決定上高塔一探究竟。

由於沃爾原始的體型在四周的荊棘叢中無法展翅，再加上牠舊傷未癒，並不適合載人，我和恩利爾於是決定自己爬上去。

爬高塔對我來說並非難事，小時候我遭人綁架時，就是被關在沒有樓梯出入的高塔上，當時我年紀雖小，食量卻很大，但對方不知道我的食量，每次都只送來一點點食物給我。某次我餓得發慌，一不小心頭暈腦脹就滾出了窗口。

外面冰天雪地的，命大如我掉在雪地上沒有摔死，但四周荒蕪一片，除了冰以外什麼都沒得吃，如果對方以為我是想逃跑，會不會連那一點食物都不給我？

說來好笑，那光滑的牆壁爬起來並不困難，因為我只要手指一用力，就可以抓進磚頭幾分；要是腳上沒有施力點，只要稍微踢幾下，牆面就會被踢出凹洞。我就這樣七手八腳地爬回了高塔。

隔天吃完飯後，無所事事的我想起進出高塔其實十分容易，忍不住又出去晃晃，然後再爬回塔頂，藉此反覆練習攀塔的技藝，直到有一天出去遇上恩利爾為止。

不過今天的任務倒不是要挑戰光滑的高塔牆壁，而是必須在塔身的荊棘藤蔓上攀爬，老實說這是一項吃力不討好的行為，巨大的藤蔓雖然不難爬，上頭的刺卻很危險。可是不知道為什麼，我和恩利爾都沒有放棄的意思，塔頂上似乎有什麼東西在召喚我們，讓人不想放棄接近……說起來，這四周的白骨是不是也是感受到這種召喚而靠近的呢？

想到這裡，我忍不住抖了一下。此時天色已黑，四周因為白骨燃起了幽幽燐火，陰森得不得了。我拿著斧頭開道，隱約覺得有些不太對勁。

荊棘好像在蠕動，還傳出了「喀、喀、喀……」某種東西在吞嚥骨頭的聲音。

我轉頭正想提醒恩利爾小心，卻看到荊棘上的花突然化成有著利牙的巨大食人花，毫不留情地張口向我的腿咬去。

我狠狠一踢，當場把那朵花踢爛了一半，誰知道那些藤蔓突然緊緊地捆住了我的手腳，無數紅花張開利齒，瘋狂地向我咬來。

「恩利爾，快逃！」

我向他大喊，同時手臂的肌膚已經被利齒劃破，鮮血從傷口中流了出來。

沒想到正要吞噬我手臂的食人花碰到我的血後，突然停下了活動。下一秒，纏住我的藤蔓便像是玻璃般碎裂。猝不及防的我就這樣直直向下摔落。

「哇喔！」

我驚叫一聲，還來不及搞清楚狀況，下一秒就被恩利爾抓住拉起。一陣翻天覆地的黑暗罩下，我和他重重地摔在地上。

抱在一起的我們不知道翻滾了多少圈，摔得公主我頭暈腦脹，卻隱約感覺到恩利爾為我承受了不少撞擊的力道。當我們好不容易停止翻滾時，恩利爾正被我壓在身下。我深怕壓扁了他，勉強抱著他又翻了半圈，讓他躺在我身上後才停下動作。

因為方才實在太過驚險刺激，我一時不想再移動，在黑暗中只能聽到我和恩利爾的呼吸聲，奇怪的是，他一直趴在我身上沒有動作。我深怕他摔昏了，趕緊伸出手來確認他沒有缺手缺腳。

「喂，恩利爾你沒事吧？」

恩利爾僵了一下，才從齒縫中擠出一句話：

「妮蒂……妳不要亂摸我。」

「我是在檢查你有沒有受傷啊！剛剛究竟發生了什麼事，四周好黑喔。」

我睜開眼睛，發現四周黑得連恩利爾都看不到，要不是我們剛才抱在一起，現在只怕完全找不到彼此。

「我雖然及時抓到妳，但藤蔓上都是刺，一時找不到著力點，剛好看到中間有個洞就滾進來了。」

「咦？藤蔓間有洞？剛才我們為什麼沒看到……好可怕，不會是另一個神祕空間吧？」

我渾身發毛地問道。恩利爾有些無奈地開了口：

「可能是因為我們不是從這個角度攀爬的，所以沒發現。這裡應該是塔身中央，不是什麼神祕空間。」

聽到他這麼解釋，我鬆了一口氣，緊張的心情立刻輕鬆起來。

「我現在才發現你力氣不小耶！手臂這麼細，竟然可以單手抓住我。」

「沒力氣怎麼搬得動維區湯的大鍋？妳以為煮妳的大餐不需要體力嗎？」

恩利爾嘟噥著扶我坐起身：

「我先幫妳包紮傷口。」

他從懷中摸出了一顆散發淡淡藍光的照明球，仔細地檢查我的傷口，傷口並不深，但一直在流血。由於我們的行囊仍放在高塔下方，身上沒什麼可以包紮的的東西，恩利爾於是毫不猶豫地撕開自己洋裝內襯裙襬，讓我嚇了一大跳。

「等等，拿洋裝碎布包紮勇者的傷口感覺好怪！我這邊應該有手帕或是……咦？」

我在懷裡翻了翻，卻翻出了一條上面印有交錯釘頭圖案的手帕，愣了一下。

恩利爾也沒理會我，逕自以那滾著蕾絲花邊的裙襬先擦拭我傷口上的血，接著仔細地開始幫我處理傷口，才慢慢問道：

「怎麼了？」

「我忘了要問你事情了！你是烏洛克出身的吧？幫我翻譯一下這上面的文字好不好？」

那塊手帕的圖案，就是從貝麗兒送我的石板上轉印下來的文字。上次恩利爾來時我忘了問他內容，這次「勇者計畫」開始前，我特地隨身帶著，打算到卡斯凱楚斯再請他翻譯。只不過後來發生了太多事情，導致我到了現在才拿出來。

他不疾不徐地替我處理好傷口，再用另一片布包紮起來，打了個漂亮的結，才接過那一塊手帕。不過他看了一眼，表情突然變得非常奇怪，隨後抬起頭來不發一語地瞪著我，讓我大感不妙。

儘管恩利爾是烏洛克出身的，但那裡現在是由他的哥哥安努所統轄。既然當時他們家族的兄弟鬩牆如此出名，恩利爾與這個哥哥的感情恐怕很差，不會是上面的文字勾起了他什麼不好的回憶吧？想到這裡，我手忙腳亂地想拿回那塊手帕。哪知道恩利爾卻緊緊抓住了它，以一種對我來說很陌生的冰冷口氣問道：

「誰寫給妳的？」

「貝……貝麗兒。」

我緊張兮兮地回答。這次換恩利爾愣了一下，然後立刻恢復正常，把手帕遞還給我，站起身來拍了拍身上的灰塵。

「妳打算繼續到塔頂上去，還是下去？」

「既然都來到這了，沒看到睡美人實在不甘心！」

「那我看看塔裡有沒有樓梯能上去。」

「等等，貝麗兒寫給我的究竟是什麼內容啊？你剛剛的樣子嚇死我了。」

恩利爾停下動作，不知為何嘆了一口氣。

「沒什麼特別的，只是表示對妳的姊妹之情而已。下次可別亂收這種禮物，烏洛克文字是上古魔法真言，比一般魔法文字更具力量。」

「總之就是比較危險的意思嗎？也難怪你會出現那種表情……不過貝麗兒本來就是魔法師，會想用上古魔法真言向我表達姊妹之情也很正常嘛！真不好意思讓你緊張了一下。」

得到了恩利爾的解釋，我心滿意足地把手帕折起來收好。他舉起照明球，喃喃念了一小段咒語，四周立刻大放光明。

此時我才發現塔中也長滿了荊棘藤蔓與食人花，奇怪的是，它們不但沒有張牙舞爪地撲過來，反倒還怯怯地往後退了一些距離。

「它們怕光嗎？」

「不，只是因為它們剛剛嘗到苦頭，知道我們不是能攻擊的對象。」

恩利爾揮了揮手中沾上我的血的布條，那些植物像是被嚇壞的可憐小動物般努力地往角落退去，只差沒有破牆逃出。

「對耶，剛剛那些植物為什麼會突然碎裂？」

「妳的血裡有一部分的魔法抗性，它們只是一般的暗黑魔法植物。」

貝麗兒能學魔法而我不能學的原因，好像就是因為我有魔法抗性，故對此我毫無懷疑。我用眼角餘光瞄了瞄那些本來張牙舞爪的藤蔓和食人花，它們果然又悄悄後退了一點。

吃了這麼多人之後，這些暗黑植物終於踢到鐵板了。

「那你真的沒有受傷嗎？剛才又滾又翻的，應該當了我好幾次肉墊吧？」

恩利爾搖搖頭，有些不服氣地說：「我可是暗黑系的魔王，在妳眼裡我到底多嬌弱啊？」

「嗯……應該比貝麗兒還楚楚可憐很多。」

「妮蒂，妳這兩天別想吃肉了。」

「哇啊啊魔王大人對不起，您的強大無人能比啊！」

「哼！」

我和恩利爾找到了樓梯。雖然年久失修的它能落腳的地方很少，不過對他來說，找到可以踏的點似乎不難，我們總算順利地接近了塔頂。特別的是，上頭竟然隱約透出了一絲光亮。

被暗黑魔法植物所守護的究竟是什麼樣的公主，我真的很好奇。

抵達房間門口時，我望著那破爛的木門，有些緊張地問：

「萬一裡面躺的不是一位公主，而是一具枯骨，或是一個年華老去的奶奶怎麼辦？」

「很簡單，我們別驚動她，讓她永遠躺在那裡就好。」

「……那萬一是個年輕貌美的公主，要讓誰吻？」

「沃爾，牠父親曾是魔龍之王。」

「咦？」

「好，那我們進去吧！」

——砰！

我伸手想推開門，孰料那道門很不給面子地直接躺地，搞得我尷尬不已。不過當我將視線移到房間中央的床鋪、看到躺在上面的人時，忍不住驚嘆了一聲：

「哇……好帥。」

這位傳說中的睡美人並非女性，而是一位有著金髮的俊美男子！

他身穿款式優雅的白上衣、緊身褲、紅披風，還被一種神聖的光芒守護在其中，從任何角度看起來都是完美無缺的。

我踢踢自己的皮靴、拉拉自己的緊身褲還有披風，有點不愉快地開口道：

「這傢伙的角色是不是和我重複了？而且長得還這麼帥……可惡！」

恩利爾若有所思地看了看我，隨即搖了搖頭：

「他這扮相是王子，妳則是勇者，角色屬性還是有點不一樣。」

「是嗎？可是我完全被比下去了耶！這傢伙的帥度簡直突破天際了，就算是伊萊恐怕也落後他半個馬頭身！」

我有些不甘心地看著眼前的王子：

「現在我們該怎麼辦？」

「用真愛之吻喚醒他？」

「誰要吻？」

「王子不是應該給公主吻嗎？」

恩利爾偏著頭看向我，眨了眨眼睛淡淡表示。不知道為什麼，我總覺得他的神情有些奇怪，莫非他想吻這個王子？

為了幫他製造機會，我嫌惡地說：

「本公主才不會去吻一個第一次見面，不知道是不是千年屍體的傢伙，還是你去吻吧？」

「妮蒂，難不成妳是害羞了？」

「我有什麼好害羞的？是你害羞了吧！」

「我有什麼好害羞的啊！」

恩利爾怒道，嚇得我忍不住縮縮脖子，開始想起別的辦法。

「好吧！說不定他只是睡迷糊了，稍微敲打一下就會醒過來。」

我順手舉起了天選之翼，想要敲睡美男幾下，但又覺得拿斧頭砍人似乎不太人道，趕緊改拿出了聖．平底鍋。

聖．平底鍋非常興奮，開始滔滔不絕地說：

「呼啊！是光明神殿的守護之光，這傢伙是光明神殿的騎士啊！這燦爛的光芒完全能襯托出他完美無瑕的外貌，只可惜還是沒人家帥。就讓我賞賜他一個吻，讓他臣服在我的魅力之下吧！」

好吧，至少這傢伙吻起帥哥來不害羞。我拿起聖．平底鍋正要拍下去，又覺得有些不對勁，於是把鍋子遞給恩利爾：

「我拿捏不了力道，說不定不小心就把他拍扁了，還是你來拍吧。」

恩利爾從善如流地接過聖．平底鍋，先小心翼翼地輕輕拍了睡美男的肩膀兩下，見對方沒有任何反應，才以雙手握緊鍋柄，穩穩地往對方頭上敲去。

——啪！

聖．平底鍋的鍋底扎扎實實地往這位睡美男的臉拍去。恩利爾的力道拿捏得不錯，對方英俊的五官並沒有被打扁的跡象，只是他似乎對這一擊沒有任何反應。

我正打算勸恩利爾再給對方愛的一擊，房內的守護之光卻黯淡了下來，本來明亮的房間頓時變得伸手不見五指。沃爾才剛噴火想點亮燭光，就見一張陰影分明的臉赫然出現在我們眼前。

——啪！

——砰！

恩利爾又是一鍋拍上去，對方當場倒地。當沃爾以龍息點亮蠟燭後，我們才發現剛剛本來應該已經醒來的睡美男，好像被恩利爾……呃，拍死了？

只見睡美男昏睡的地方從床上變成床下。恐怖的是他呈現首身分離的狀態，身體很有型地倒在床前，頭卻滾到床腳下，表情安詳，更讓人心裡覺得毛毛的。

我和沃爾不由自主地往後退，只有恩利爾興致勃勃地拾起了那顆滾落的頭，仔細端詳，像是在研究什麼，接著露出了意味深長的微笑。

那副身軀突然抽動了一下，嚇得我和沃爾抱在一起……是詐屍！果然是詐屍了嗎？

下一秒，那顆頭睜開眼，露出了一雙湛藍如海的瞳眸，深邃美麗得難以言喻，搭配那英挺的五官，活脫脫像是從夢中走出來的王子，想必有無數少女會為了這張臉心動不已……如果他不是只有一顆頭的話。

「高貴的女士，感謝您將吾喚醒。」

他的聲音十分悅耳動聽，表情也極為真誠，可惜此時從他的額頭上流下了一道血跡，順著鼻梁蜿蜒到嘴角，畫面立刻顯得有些恐怖。

他似乎也覺得頭上涼涼的，手在脖子上摸不到自己的頭，身體便以迅雷不及掩耳之姿站了起來，彬彬有禮地從恩利爾手上取過了頭安裝好，自口袋掏出了一條潔白的手帕，將自己臉上的血抹去。

打理好儀容後，他深深地凝視了恩利爾一眼，深邃如海的美眸中似乎湧出波濤，即使燭光微弱，看起來依舊閃亮得不得了。當我還在思考一個人眼中究竟要如何才能透露出這洶湧澎湃的情感時，他早已單膝下跪，執起恩利爾的手，以完美的禮儀親吻恩利爾的手背，深情款款地說：

「吾乃盎札格斯的修伯列，愛笛森光明聖殿騎士，杜拉瀚之子，願您能允諾吾此生伴隨您左右。」

真是無懈可擊的自介、無懈可擊的口音和無懈可擊的語氣！公主我看過不少傳說中的白馬王子下跪求婚，修伯列的儀態實在算是數一數二地完美，我幾乎都可以看到他背後出現了五彩泡泡與不停旋轉、時時飄散花瓣的玫瑰！

所以現在是怎麼回事，無頭王子被偽裝成少女的魔王用真愛之鍋敲醒後，馬上來一場童話般的求婚嗎？

我目瞪口呆地看著恩利爾優雅地收回手，對修伯列露出了天真爛漫、美麗動人的笑容：

「我不喜歡腦袋不牢靠的男人。」

恩利爾說出這句惡毒的話的口氣特別天真嬌憨，要是我是修伯列，一定會狂噴一口鮮血，受到十二萬分的打擊而倒地不起，不過要是能猜透修伯列此時的心思，我就不會待在這裡了。

這位俊美無疇的光明聖殿騎士聽了恩利爾的回答，只是露出了堅定的神色道：

「吾本當有所作為，方能獲取您的青睞，請讓吾成為您的騎士，為守護您而戰。」

「可是我們現在正在征討魔王，比較缺實習勇者耶。」

恩利爾偏著頭嫩聲說道，純真無邪的模樣忽然讓我也覺得毛毛的。

「實習勇者？」

「在征討魔王的路上負責砍柴燒飯洗衣打雜鋪床守夜、遇上麻煩時必須打怪開路、撿到的寶物要上繳、買東西時得幫我們付錢——這就是實習勇者該做的事情。」

恩利爾的這段話說得臉不紅氣不喘，彷彿壓榨良民理所當然。聞言，修伯列卻深情款款地望著他，認真點頭道：「此為吾之榮幸。」

修伯列，你是不是睡迷糊了？不會覺得一見鍾情的代價太大了一點嗎？這種不平等條約你居然接受了，你究竟是個被虐狂還是腦袋真的不牢靠啊？還有恩利爾，認識你這麼久，我現在才發現你比我還適合當公主！

在《你所不知道的嘿嘿嘿嘿》中有句名言：「一起旅行，你才能真的認識朋友。」現在我完全理解這句話的真義了。

修伯列並非一出生就受到邪惡女巫詛咒、在十六歲生日時又碰到了紡紗錘才昏睡在高塔的。根據他的說法，很久很久以前，有一位暗黑魔法師培養出這種食人的暗黑魔法荊棘，襲擊城堡及周圍村莊，修伯列以愛笛森光明聖殿騎士團的光明與正義之名，來此征討那位暗黑魔法師。

經過一番激戰後，魔法師負傷逃離，暗黑魔法植物卻呈現暴走狀態。為了避免災情繼續擴大，修伯列耗盡所有光明魔法，讓這些植物無法離開城堡，自己卻為了儲蓄力量好將這些植物全部淨化而陷入了沉睡之中，直到恩利爾用聖．平底鍋將他拍醒……

「這可是我的功勞。」

聖・平底鍋自鳴得意道：

「我和修伯列同樣都是使用全世界最燦爛迷人的光明魔法喔呵呵！唯有人家的聖光能照亮一切、喚醒長眠的人兒啊！是我把他吻醒的這才是真愛愛愛愛愛……」

我故意忽略聖・平底鍋的自吹自擂，看著修伯列將這些吃人的暗黑植物全部淨化之後，便在他的協助下於附近紮營準備休息。

不過修伯列注意到在旁邊的我似乎沒什麼用，便很有禮貌地開口問道：

「您是否不常野宿？」

「是這樣……沒錯。」

他點了點頭，很好心地包辦一切瑣事，等我們吃飽喝足後便主動表示：

「附近森林偶有野獸出沒，需留人夜守。吾長眠已久，現下黑夜不睡也無妨，之後守夜均可由吾負責。」

「這樣怎麼好意思？」

「那就麻煩你了。」

我和恩利爾同時出聲。我想拒絕修伯列的好意，恩利爾卻一口答應，而他很明顯地選擇了恩利爾的答案，對我們點頭示意後，就走到一旁開始觀察環境，尋找適當的守夜地點。

我看著修伯列逐漸消失的背影，終於忍不住對恩利爾咬咬耳朵：「修伯列說他是光明聖騎士耶！你好歹是個暗黑系的魔王，一不小心洩了底該怎麼辦？」

「有位會魔法的同伴還是比較好吧，而且妳不覺得他很有趣嗎？」

「是滿有趣的啦，無頭光明聖騎士外加睡美人屬性，未免也太奇妙了。」

「而且長得很帥，又彬彬有禮，感覺就像是公主的最佳夫婿。」

「是長得很帥也很有禮貌啦……等等，那個公主最佳夫婿是怎麼回事？」

「等勇者計畫結束後，妳也差不多該嫁人了，現在開始培養眼力還不遲喔。」

「喂，你管我要嫁給誰！艾蜜莉雅都沒有管我，你這個魔王竟然對我的婚姻大事指指點點？」

「妮蒂，我認真告訴妳一件事……」

「什麼事？」

「這算是妳第一次獨自出遠門，身邊可沒有服侍妳的人，就算妳並非特別嬌貴，依然是一個公主，而我在團隊旅行方面的經驗也不足。修伯列如果真的是光明聖殿騎士，對於團隊旅行一定比我們有經驗，在實力上絕對也不俗，試著與他結伴幾天沒什麼壞處。」

「好像很有道理……」

「適合團體的人難找，如果幾天之後覺得他不適合，甩開他就是了；相反的，倘若覺得他是結伴的合適人選，要正式組隊也行。」

「恩利爾，你真的好聰明喔……我以前怎麼會覺得你是個只會賣萌的廚師呢？」

「妮蒂，妳又想挨餓了嗎？」

「哈哈……哈哈……對了，沃爾呢？」

「因為不太方便被外人看到，我讓牠在卡斯凱楚斯之囚休息一陣子。」

「這樣啊……」

聽了他的分析，接下來的幾天，我異常積極地關注修伯列，就各方面的標準來說，他簡直是個無可挑剔的隊友啊！

離開了荊棘城堡的範圍，我們很快地到達了下一個可以補給用品的村莊。修伯列雖然據說睡了很多年，卻在很短的時間內就把我們要走的路線摸清，並且仔細地和我們討論之後的補給規劃，以便迎接路線上的最大挑戰——納古漠原。

勇者計畫中，在納古漠原之前的路段其實都只算是新手村的延伸而已，納古漠原才是真正揭開重頭戲的舞台。

那是一段地形十分複雜的荒野，荒原、沙漠、石漠……無一不備，不同的地形與狀況正是考驗勇者意志、耐力與實力的最佳地點。

為了盡快穿越它，我們必須挑選在漠原上最矯健的生物，綿綿駝！

一般人光聽名字，不會覺得這種生物矯健，即使親眼看到，也不會相信這是一種矯健的生物，畢竟牠全身布滿綿羊毛，脖子和四肢都相當纖長，表情看起來既懶散又欠揍。

「挑選綿綿駝並不困難，主要以健康為判斷基準，雙眼明亮、睫毛捲翹、綿毛乾淨便是健康的綿綿駝。」

在嘶嚕聲處處的綿綿駝市場中，修伯列很有耐性地向我們解釋如何挑選合適的坐騎。

「但因為要長時間相處，所以除了健康外，我們還必須確定綿綿駝與主人看對眼才行。」

「看對眼？」

「是的，請學吾如此動作。首先在牠面前舉起雙手表示無害，並與牠雙眼對望。」

我和恩利爾在旁邊看著他認真地與一隻綿綿駝對望了一會兒，本來表情十分閒散的綿綿駝突然激動起來，伸出舌頭瘋狂地開始舔著他的臉。

「修……修伯列你被綿綿駝攻擊了！」

「……唔……舔臉表示此綿綿駝很樂意為汝服務。」

「那如果像隔壁那個人被綿綿駝噴口水呢？」

「表示……綿綿駝憎汝。」

「咦，所以無論牠喜不喜歡我，我都得被口水洗禮一番，才能挑選到適合的綿綿駝嗎？」

「確實……如此。」

聽到修伯列這麼回答，我立刻轉頭看向恩利爾：

「我的綿綿駝就拜託你挑選了！我相信你一定能挑選出最棒的綿綿駝。」

恩利爾瞪了我一眼，隨後微笑地對修伯列說：

「我們的坐騎都麻煩你了。」

「但……親自挑選較為恰當。」

「沒關係的，反正我們同一隊嘛！一切都交給你了。」我斬釘截鐵地表示。

「好……唔……唔唔？」

「哇！修伯列你的頭、你的頭被舔掉了！快撿回來，別讓老闆看到啊啊啊。」

兵荒馬亂地撿回修伯列的頭之後，我們終於完成了挑選綿綿駝的大業。修伯列擦乾了臉上的口水，彬彬有禮地指著綿綿駝們向老闆說：

「就這幾隻綿綿駝，麻煩您了。」

「你們是打哪兒來的啊？最近漠原盜匪猖獗，你們只有三個人卻想穿越漠原，實在太危險了。」

老闆一邊替綿綿駝裝上駝鞍，一邊這樣問著我們。

「我們是從奎德薩首都來的，要到卡斯凱楚斯拯救被魔王抓走的第一公主。」

「喔，原來是勇者大人們啊！各位可是第一批抵達這裡的勇者呢！想必身手不凡，也難怪不懼盜匪，三個人就敢勇闖納古漠原！」

「呃哈哈哈，好說好說。」

買完綿綿駝後，我們開始採購接下來需要攜帶的物品，清單列了一大串。漠原不像是我們之前走的森林地帶，到處都有繁多生鮮的野味，在旅行中要餵養一位公主並不容易，像我這種特別能吃的公主更是難上加難。

更糟糕的是，漠原中的遮蔽物很少，討厭陽光的我在這種地方行動一定會發狂，因此還得添購不少「有型的」圍巾、頭巾等可以遮陽的物品，以避免我曬到太陽後火氣旺盛。

好不容易採買完必需品，進入納古漠原後，我才想起一件事情。

「對了，納古漠原！說起來我妹妹每次讀的學校都在這附近，到了這裡，總覺得與她好接近啊！」

「令妹？」

「是啊！我有一個全世界最可愛的妹妹！她總是在納古漠原附近的學校讀書，還會帶回各地的珍稀禮物給我。」

「學校並非於固定地點嗎？」

「咳咳……她比較常換學校……咳咳，總之要是能碰上她就好了……不，或許不要碰到比較好。對了，剛剛忘記問老闆最近盜匪團究竟幹了什麼轟轟烈烈的大事情，讓他不斷提起盜賊的厲害。」

「吾方才略為打聽了，近年有一名為『爆裂真螈』之盜賊團十分猖狂，常常劫掠大商隊以及各國王室的珍稀貢品，也因此助長了其他盜匪團的氣焰，讓漠原變得十分不平靜。」

「專搶大商隊及王室珍稀貢品……真是不得了的盜賊團！都沒有被抓到嗎？」

「他們在漠原上來無影去無蹤，成員中有極為厲害的魔法師，又善於利用漠原上最大群的蠑螈生物們擾亂戰鬥，眾人都拿他們無可奈何。」

「往好處想，我們一群三個也不像是富有的集團，應該不會被搶吧？」

「漠原上不是只有『爆裂真螈』盜匪團，即使他們不搶我們，我們還是有可能被其他團搶劫的吧。」

恩利爾認真回應。修伯列立刻以堅定的口氣表示：「您無須擔心，吾會以生命守護您不受任何匪徒侵擾。」

恩利爾立刻露出了一抹頗為嫵媚的笑容，輕輕點了點頭，彷彿一位高貴的仕女含笑接受了騎士的求愛……等等，為什麼他會露出「嫵媚」這種表情！我是不是看錯了？我以驚恐的神情望著修伯列，又驚恐地看向恩利爾，卻見兩人都鎮定異常，只有我在旁邊緊張兮兮。

所以他們兩個是在我不知道的神祕時刻搞上了嗎？不對，使用「搞上」這種字眼對公主我來說實在太過低俗，應該說修伯列的愛意終於打動了恩利爾的芳心嗎？

雖然修伯列的脖子和腦袋間不太牢靠，但說句實在話，他真的是個完美的「實習勇者」……或者說是全能的管家。才短短地相處幾天，我就發現他是個忠實、正直而且負責的騎士，對恩利爾言聽計從，交代的任務使命必達，著實是個令人敬佩的人物。

如果是這種對象，我也可以放心地把恩利爾交出去吧？不過恩利爾看起來雖然是個蘿莉，實際年齡卻不小……啊，所以修伯列是個蘿莉控嗎？

恩利爾好歹是個魔王，穿著女裝和蘿莉控聖騎士在一起，實在是一段禁忌之戀啊！不過想起當時恩利爾要我吻修伯列時的表情，果然他那個時候就對修伯列有好感了！可愛的恩利爾現在終於進入了思春期嗎？

我一邊如此感嘆，一邊用圍巾和頭巾將自己緊緊裹住，只露出一雙眼睛，坐上了走起路來搖搖晃晃的綿綿駝。

漠原的太陽很大，對我來說實在是一大考驗。公主我超級討厭太陽光，所以只能晝伏夜出在陽台唱歌，當個幽怨的公主。

當初穿越森林時還有樹蔭可以遮涼，讓我不必為了在陽光下曝曬而苦惱，但納古漠原是個沒什麼陰影的地方，光是位於起點的漠原邊界就只能看到一望無際的草原。

沒錯，所謂的草原就是草、草、草，還有草。不過雖然是草，還是有許多不同的地方，比方說長的草短的草黃的草綠的草橘的草還有粉紅色的草。

完了，我被太陽曬得頭昏眼花，竟然連粉紅色的草都看到了！不過那株粉紅色的草至少有半個人那麼高，讓人想要忽略都難，一整群在太陽下扭動搖擺，隱約還可以看到底下有著無數深紅的愛心，不斷發出「啾啾登」的聲音，簡直可愛得莫名其妙。

「那個粉紅色的草……究竟是怎麼回事？」我撫著額頭問向恩利爾。

「我也不是很熟悉納古漠原。修伯列你知道嗎？」

恩利爾歪頭望著那群似乎正逐漸逼近的粉紅草，一邊詢問我們的萬用管家。

「此乃包心粉螈，天性會集體把頭埋入土中，露出誘人的尾巴，吸引草原上的生物，等到獵物接近時，再一口氣撲上食盡。」

「聽起來是一種很危險的生物。」

「確實如此。不過依據尾巴的大小，吾判斷這群包心粉螈只是幼體，若保持距離，應不至有危險。」

「但不知道為什麼，我總覺得好像越來越靠近牠們了耶……」

我看了看坐騎綿綿駝，發現牠們正眼冒愛心地默默向包心粉螈們奔去。所謂吸引草原上的生物，原來也包括這些不可靠的綿綿駝嗎？

在我發出疑問的同時，修伯列也趕緊拉韁繩，讓那些不知死活的綿綿駝改變方向。

「噗嚕……嚕嚕。」

「噗噗嚕……嘶嚕。」

經過一陣激烈的掙扎，並發出不滿的聲音之後，綿綿駝終於停下了衝往包心粉螈的腳步，往我們應該要走的方向前行。

一旁粉紅色的尾巴們仍在搖擺，而且似乎晃得更激烈了，真是讓人心神蕩漾啊。

好不容易脫離了包心粉螈的誘惑，我們持續朝著漠原深處邁進。這裡的面積廣大，很少人群定居，即使偶爾遇上一些商隊，我們也只會匆匆拿東西換點食物以及飲水處的資訊，沒什麼其他的交流。

但我們和盜匪團倒是有不少交流，因為他們總是會自己找上門來，好像和我們很熟似的……看，現在又來了幾個。

「乖乖把你們的錢財留下來，就饒你們一條小命！」

「把這個小妞也留下來，我就放你們兩個滾蛋。」

「哈哈，老大你好棒，我們兄弟已經好久沒有吃肉了……這個小妞的樣子……喔喔，一定很帶勁！」

這些盜賊一臉不懷好意地上下打量著恩利爾，我則是思考著這群盜賊究竟想要幹嘛。好久沒有吃肉是什麼意思？莫非他們一眼就看出恩利爾廚藝專精？

與此同時，恩利爾非常配合地以嬌弱的口氣喊著：「不要！人家好怕！救命啊！」之類的台詞，並渾身發抖地往修伯列靠去，惹得一群盜賊哈哈大笑：

「連求饒的聲音都這麼嬌滴滴啊！」

「想向情郎求救，也要看看他有幾兩重吧！他一個人打得過我們五個人嗎？」

他們甚為得意地吹噓，我忽然覺得這句話有哪裡怪怪的……公主我是非常低調沒錯啦！但直接忽略我是不是太過分了點？

一想到此，我很自然地抄起了聖．平底鍋，以輕盈的步伐接近那些不知道在得意什麼的盜賊。

——噹！

——砰！

「唉唷我親愛的主人啊人家這麼帥你為什麼要讓我打一個這麼不起眼的小角色呢雖然活動活動筋骨也不錯但我還是希望迎擊的對象能更帥氣有型或是美味才能符合我這個聖·平底鍋應有的偉大身分啊……」

我打暈了一個盜匪，得到聖·平底鍋毫無停頓的囉嗦抱怨，以及在場的盜賊們目眥盡裂的怒視。

拿著鍋子打人據說是種名為「嘲諷」的技能，可以讓所有的怒氣值聚集到我身上，好讓真正的主攻展開攻擊。

我們的主攻當然是修伯列，可惜他是一個聖騎士，即使我為他製造了偷襲的機會，他依然正大光明地拔出了劍，堂堂正正地說道：

「攔路行搶有違光明女神之正義，但女神慈悲，若汝等願在光明女神前懺悔，祂必將饒恕汝等之罪。」

我們這一路上遇到多少次盜賊，修伯列就說了多少次這段台詞，可惜從來沒有一位盜賊在他說話時跪下來乖乖懺悔，也真虧他不嫌煩。

一如預期的，這群盜賊當然聽不進他的苦口婆心，憤怒地大吼幾聲便全往他衝了過去。當恩利爾假裝害怕地發出「哎呀！」的嬌呼時，剩下的四名盜匪已經被修伯列輕鬆解決，全數暈倒在地上。

這些盜賊的確很弱沒錯，不過修伯列用劍的速度實在是快得沒話說，我國皇家騎士隊最年輕的小隊長伊萊據說用劍已至「聖階」的程度，然而即使是他的劍速，在我看來仍較修伯列遜色一籌，清這些小角色實在綽綽有餘。

恩利爾興奮地開始在盜匪身上東翻西找，看看有沒有什麼珍奇的物品，以便到時和商隊換食物，餵飽公主我的大胃口。

本來按照光明聖殿騎士的準則，修伯列是不可能讓我們打劫被打暈的強盜的，因為這是趁人之危的舉動。

但恩利爾以天真無辜的口氣對他曉以大義——光明女神不該讓無辜的人餓肚子。拿走盜賊充滿罪惡的財寶，讓無辜的人填飽肚子，想必也是祂所樂見的。

而我正是那個無辜的挨餓者。我實在不好意思告訴修伯列自己之所以會挨餓，實在是因為食量太大……

為此，修伯列默許了恩利爾的行為。在《你所不知道的嘿嘿嘿嘿》中曾提到「惟公主與小人難養矣」，表示公主是一種很難養的生物，當時我並不這麼覺得，直到抵達納古漠原，我才深刻地體會到吃得多也是一種罪孽啊！

如果無法再開發新食物，當漠原上所有會自動送上門的盜賊被我們打劫完之後，我們就得主動去打劫盜賊了。

傍晚時，修伯列找到一處有著小小水池的地方紮營，我在熊熊的營火邊思索著這個要緊的民生問題，並為此眉頭深鎖。

我抬頭望著四周漸暗的漠原，隱約可以看到一隻約有公牛大小、身體圓滾、頭大無比的大頭米螈在不遠處一直探頭探腦地望著我們。

修伯列說這些螈類都是雜食性的，什麼都吃，體型大的一旦飢餓便有可能會攻擊人。但多數的螈類都怕火，只要生了火，牠們便不敢接近。

我望著那隻米螈，不禁問道：「不知道螈類可不可以吃？」

修伯列愣了一下才點頭說道：「可。但……。」

「太好了！」

我拿起已經逐漸習慣它很囉唆的聖．平底鍋和天選之翼，氣勢洶洶地衝向那隻大頭米螈。

這隻大頭米螈身形肥碩，粗壯四肢伏地，肥肥的尾巴不時游動，上頭看起來還有頗為堅硬的厚鱗。

恩利爾和修伯列都被我這突如其來的舉動嚇了一大跳，那隻大頭米螈同樣也像是被嚇到了，稍微後退了幾步，然後忽然像是領悟到了什麼，穩住四肢、抬頭挺胸對我噴氣。

察覺到我的真義，聖．平底鍋也興奮了起來。

「喔！連這種東西都想吃，主人您的胃口真是太好了！這隻螈雖然感覺起來有些小小毒素，不過主人您別擔心，這種小毒素對聖．平底鍋我來說根本不算什麼，只要被我充滿愛意地煎過，就算是可以毒死全城人的激烈毒素，也會變得輕微到只讓人上吐下瀉的地步而已……」

……上吐下瀉也很嚴重好嗎？

我默默地舉起聖．平底鍋，向大頭米螈表示決鬥開始。

突然間，米螈的尾巴以迅雷不及掩耳的姿態狂鞭而至，我用平底鍋擋住了洶洶來勢，卻沒能抵禦住所有攻擊，被尾巴甩飛出去滾了幾圈。在千鈞一髮之際，我以過去當公主身負千斤、輕盈跳舞訓練出來的平衡力站了起來，並在彎月下抬高斧頭瞄準獵物，狠狠地朝大頭米螈丟擲過去。

大頭米螈完全無法招架這突如其來的發狠攻擊，雖然一個驢打滾躲過了斧頭的凌厲攻勢，大頭卻也狠狠地吃了一記鍋底直擊。

不過牠的頭很硬，吃了一記平底鍋後想必是火大勝過頭暈，狂暴地一口向我咬來。我轉身出手抵擋，牠那滿是利齒的大嘴好巧不巧咬住了整個聖．平底鍋。

「嗚啊啊！人家要毀容了啊！這張嘴巴好臭人家受不了啦！主人快把我弄出去！」

被塞進大頭米螈嘴裡的聖．平底鍋竟然哀嚎起來。我被它的哭聲嚇了一跳，趕緊想將它從大頭米螈口中搶救出來。

大頭米螈嘴巴雖大，聖．平底鍋的鍋身實際上卻也不小，剛好卡住了牠的大嘴，加上米螈有著咬到東西絕不鬆口的習性，我頓時和大頭米螈展開瘋狂的拔河拉鋸。牠扭動龐大的身軀，甩動鞭子似的尾巴，拚命想要攻擊我，我一邊躲開牠的攻擊，一邊使勁想拔出聖．平底鍋。最後牠整個從地上被我掀起，又被我拚命地打了回去。

牠大概作夢也沒想到我可以單手舉起牠並把牠摔來摔去，一時除了掙扎之外竟然忘記鬆口放開聖．平底鍋，讓我瘋狂地以超凡的角度和力道拚命地把牠的頭往地上砸。

——砰砰砰砰砰砰砰砰砰！

只見四周因為我們激烈的動作而飛沙走石，在漠原上揚起漫漫塵土，聖．平底鍋也激烈地以尖叫助陣：

「呼哇哇！主人快把我從這臭臭的嘴巴救出來啊！人家這麼帥可千萬不能在一隻蠑螈口中毀容啊！人家還有快鍋妹妹炒鍋姊姊在家鄉等我，我不能辜負她們的一片癡情，一定要完整無缺帥氣無瑕人見人愛花見花開地回家鄉娶她們啊！」

——砰砰砰砰砰砰砰砰砰！

我使勁吃奶的力氣拚命地摔著大頭米蝲，摔到肚子都餓了還是沒停手，直到恩利爾的叫聲劃破了這一切：

「杰克、杰克、快住手！不用再打下去了。」

我忍不住大喊：

「要是不打下去，聖．平底鍋就會毀容了啊！」

「牠已經死了……」

「咦？」

我放開聖．平底鍋，發現那隻可憐的大頭米蝲已成為一灘爛泥，軟趴趴地癱在地上，卻仍死死地咬著聖．平底鍋，沒有鬆口。

所以說我把這隻大頭米蝲活生生地摔死了嗎？而且是用單手？

修伯列緩緩走來，凝視著那頭米蝲，做了個禱告的手勢後，抬頭認真對我說道：

「這真是場精采的戰鬥。聽聞成年大頭米蝲的力氣可抵過五頭成年牛，您定是知名大力士。」

……真不好意思，我之前職業是公主而不是大力士。你乾脆就直接說剛才的戰鬥毫無技巧、一點都不優雅、只憑藉蠻力取勝吧。

我灰頭土臉地把戰利品交給恩利爾處理。當修伯列以光明魔法淨化了大頭米蝔的身上毒素後，恩利爾便俐落地烤起肉來，邊料理邊說：「去掉頭，剩下的都可以吃。」

我認同地點點頭，對我而言，反正他煮的東西什麼都能吃。

當晚我將那隻大頭米蝔吃得一乾二淨，一點渣都不剩，恩利爾也吃了一點嘗味道，只有修伯列沒有吃。

修伯列神色莊嚴地問我大頭米蝔吃起來味道如何？我認真地表示：

「味道就像雞肉。」

他點了點頭，又問道：

「口感？」

「嘎蹦脆。」

「嘎蹦脆？」

「意外地迷人。」

我不著痕跡吞進米螈的最後一小段尾巴，接著拿手帕按了按嘴角。

無論我贏得多狼狽，或是大頭米螈吃起來有多令人感到心境複雜，恩利爾都離美食獵人的目標更進一步……喔不，我是說至少納古漠原上的食材短缺問題，已經不需要再苦惱了。

為了能順利解決各式蠑螈，讓牠們成為我的美食，我開始積極地向修伯列請教攻擊的技巧。儘管他擅長的武器並非平底鍋及斧頭，不過依然是個身手不凡的騎士，在各方面的指點都十分有用。我的平底鍋與斧頭技能也日益精進，無論是從各種角度揮、砍、劈、斬，甚至是雙手互換武器都遊刃有餘，甚至練成了必殺技！

覺得自己的武藝在這段時間突飛猛進的我，凡是見到想要攻擊我們的螈類，便會興致勃勃……喔不，是心懷悲憫地送牠們上天堂，然後一同進駐我的肚子裡。

然而食物的短缺問題雖然解決了，我卻覺得恩利爾似乎變得不太開心，儘管他還是不遺餘力地煮三餐餵飽我，和我說的話卻越來越少，一整天下來甚至還不及我和修伯列對談的一半，要知道修伯列已經是個話很少的人，情況感覺相當不妙。

可是我實在不懂他為什麼不開心，是因為我吃得太多，讓他煮飯不堪負荷？還是因為和修伯列的戀情不順呢？

「主人啊！在冒險中隊友的情緒是很重要的，您一定要好好關心一下。比方說纖細敏感的我以及不愛開口的斧頭妹子都很需要您的關愛。至於廚娘更是團隊精神象徵，絕對不能夠忽略啊！」

聖．平底鍋的聲音赫然響起，我這才猛然發現自己竟然因為深思，不由自主地拿起了聖．平底鍋！真的是嚇死我了。

為了避免某天我會主動和聖．平底鍋聊起交友不順的困境，我決定打破僵局，找了個機會認真地對恩利爾說：

「如果你覺得煮飯很累的話，我可以少吃一點。」

但他瞪了我一眼之後，依舊餐餐都煮很多給我吃。我苦思良久，努力克制自己想要問聖・平底鍋該怎麼辦的衝動，下定決心先確認一下修伯列的心意。

這天趁著恩利爾忙著煮飯時，我以和修伯列練習對打的名義拖著他走出營地。修伯列當然不知道我在想什麼，在我們練習完一場後開口說：

「雖然平底鍋與斧頭的使用並不常見，但汝有體力上的優勢，佐以輕盈步伐，戰術利用靈活，實戰機會亦多，近來進步甚速。」

「嘿嘿嘿嘿嘿，真是不好意思！因為我以前都穿著很重的衣服跳舞，根基應該不錯……啊不對，修伯列，我是要問你對恩利爾究竟是不是真心的？」

他愣了一下。我繼續說道：

「你們最近是不是……呃，發生了什麼事？他最近好像怪怪的。」

「吾與恩莉小姐之間？」

修伯列想了想，突然對我露出了一抹微笑：

「汝有所誤會，事情恐怕並非如此。」

他都這樣回答了，我一時間也不知道要說什麼好。感覺事情好複雜，有夠頭痛的啊！

「吾敬重恩莉小姐，因其極像吾之故人。」

「什麼？所以你只是把他當成替代品嗎？」

我驚道。難怪修伯列對恩利爾一見鍾情，原來是從他身上看到別人的影子！

修伯列見我這麼激動，連忙搖頭：

「並非如此。吾明瞭兩人絕非同一人，只是外貌相似。」

他說到這裡，忽然顯得有些抑鬱。

「故人已逝，其音其笑亦不再返，即使曾有一絲期盼，但當吾醒來之時，見兩位便已明瞭此事。此後之願，便是追隨恩莉小姐左右，絕無二心。」

聽到他這麼說，我熱情地拍著他的肩膀：

「既然你已經下定決心了就積極點！他其實是個很害羞的人，平日要多主動向他示好，多多巴結他，他就會開心了。」

修伯列思索了一下，認真地看著我：

「吾了解矣，感謝汝之建言。」

「不客氣。」

我也真誠地回望他那雙湛藍中帶點憂鬱的眼眸，突然感到一陣熱血沸騰——所謂的相知相惜就是這麼一回事吧？為了恩利爾的幸福，我們都必須多努力！嗚嗚嗚，恩利爾，這一定是你第一次談戀愛吧？希望你能幸福啊嗚嗚嗚……公主我最喜歡「魔王和騎士從此過著幸福快樂的日子」這種故事了。

此時修伯列猛然收回視線，快速地向後退了幾步，極其有禮地對我鞠了一個決鬥後致謝的躬：

「感謝賜教。」

他的動作讓我覺得有些莫名其妙。不過當我轉頭看到恩利爾拿著大湯勺，在不遠處面無表情地看著我們時，立刻明白了一切，畢竟我們剛剛才祕密地交流了一番，別讓恩利爾知道比較好。於是我也趕緊對修伯列回禮，然後興高采烈地直奔恩利爾。

「要吃飯了嗎？」

「對妳來說我就只有煮飯的功能嗎？」

恩利爾的這句話口氣很差，害我也不好意思開玩笑說他還有賣萌的功能。我轉頭看向後方，確定修伯列離我們還有一段距離，才彎下身子小聲地對他說：

「別生悶氣了，我保證修伯列對你一心一意。」

恩利爾不發一語地瞪了我許久，於是我只好傾盡一切甜言蜜語：

「就像是我對你的廚藝一心一意那樣。」

「結果我還是只有煮飯的功能？」

「不是的，恩利爾你是我重要的朋友啊！不然我為什麼要放棄舒服的城堡生活，來到漠原上當勇者，連澡都不能天天洗，差一點就要發臭了。」

聽到我這麼說，他的神情頓時和緩許多，卻還是嘴硬地說：

「妮蒂，有時候我真的很討厭妳，妳知不知道？」

「我知道的！當你討厭我的時候，就會故意在菜中多撒幾把辣椒。」

「……原來妳都知道。」

「當然，恩利爾的事情我都知道的。」

「哼，真是大言不慚。」

恩利爾冷哼了一聲，拿著勺子調頭就走：

「漠原上辣椒不足，不過我在螈類身上找到了辛辣的代替品，今天特別幫妳加了十倍份量，妳給我好好品嘗吧！」

「嗚嗚！恩利爾，拜託你少討厭我一點，拜託！」

這一晚，我覺得自己的慘叫傳遍荒漠。不過晚上睡覺時我還滿開心的，因為恩利爾似乎心情好多了，害我差一點拿出聖·平底鍋對它說事情解決了，但為了避免聽到它囉嗦的自誇，我努力壓下衝動，拿出了天選之翼摸了它兩把。

聽說好的勇者都十分愛惜自己的武器，所以摸天選之翼幾下，和它多培養一點感情，應該不算太糟糕的舉動？照理說比和平底鍋對話正常多了吧？我這麼想著，心滿意足地進入夢鄉。

Chapter 4

可愛的生物
果真是不好惹

這天依舊豔陽高照，奇怪的是最近一直沒遇上來打劫的盜賊，也很少遭逢商隊。當然這些都無妨，在修伯列的照料之下，我們的飲水一直很充足，他甚至未雨綢繆，在地圖上標好了納古漠原上所有打聽到的水源。

「好平靜啊！解決了食物問題，人生一切問題似乎都解決了。」

我坐在綿綿駝上悠哉說道，又忍不住和恩利爾咬起耳朵：

「到現在都沒遇到畢皮業的手下，滿幸運的嘛！」

恩利爾望向遠方，點了點頭，若有所思。此時修伯列忽然插話了：

「太過平靜，吾恐風暴將至。」

「意思是暴風雨前的寧靜嗎？嗯……遠方的天空看起來很晴朗，應該不至於吧？」

我用手遮在額前，瞇著眼睛朝遠處天際看去，沒看到烏雲，只看到粉紅色的草。包心粉蠊又來了嗎？

「說起來這陣子吃遍了漠原上的蝶螈，卻還沒吃過包心粉螈耶。」

聞言，恩利爾放下了書，接口道：

「《納古草原的蝶螈們》上寫著『包心粉螈是納古漠原上最凶惡的螈類之一，至今無人能描繪出牠們完整的面貌，因為凡是見過牠們真面目的人，都已成為納古草原上的一堆枯骨』。」

「哎呀，我也只是想想嘛！我的膽子這麼小，才不會去挑戰這種恐怖的生物呢。不過這些綿綿駝是不是又想往粉螈的地方前進了啊？」

「吾調整一下牠們的行進路線，避免被粉螈誘惑。」

「麻煩你了。」

當修伯列重新整隊時，「啾啾登」的可愛聲音持續傳來，讓我很想回頭抓一隻來看看會發出這種聲音的包心粉螈究竟是什麼模樣，牠們的吸引力真的很驚人。

「看。」

恩利爾指了指前方，遠方煙塵暴起，捲起了巨大的蕈狀雲朵。接著巨大的聲響傳來，連我們這裡都一陣地動天搖。

「是漠原風暴嗎？」我問道。

修伯列搖搖頭：

「波動源為大規模火系魔法，恐是發生激烈的魔法戰鬥。」

我還來不及繼續追問，便見煙塵滾滾一路逼近。仔細一看，只見整群的綿綿駝瘋狂往我們這個方向衝來，景象既驚人又有點可愛……不對，應該是可怕才對。

每隻綿綿駝都吐出舌頭噴著口水，彷彿得了狂駝病般撒開四蹄狂奔。仔細一看，牠們身後似乎有數隻巨蜥張著翅膀在追趕牠們。

說是翅膀其實也不太對，那其實是巨蜥四肢相連的薄膜，類似青蛙的蹼。巨蜥們並不是在飛行，而是在沙地上撲躍而起，只是藉著那些薄膜可以在空中滑翔很長一段距離才落下，讓人產生牠們會飛的錯覺。

恩利爾再度拿起他最近的愛書《納古草原的蠑螈們》，興致勃勃地翻了幾頁，對照那些巨蜥的樣貌。

「『蹼飛蜥，能利用蹼膜在漠原上滑翔，體型巨大、智力低下，普遍被人飼養用於交通工具上，規模較大的盜賊團亦常常使用此種坐騎』。」

「我們當初應該要用蹼飛蝲當交通工具的，騎牠們比騎綿綿駝帥多了。」

「蹼飛蝲比較少見，而且雖然移動速度不錯，但背不了重物，這樣怎麼帶妳的食物？」

「說的也是。」

我深感認同地點點頭。不過就在這段短暫的對話中，那群上演追逐戰的綿綿駝與蹼飛蝲似乎也越來越接近了。我們是不是該讓條路？不然迎面被撞上可不會有什麼好下場。

「救命！搶劫啊！」

騎在綿綿駝上的大鬍子男人對我們喊道，一記爆裂魔法卻突然從天而降，把他轟飛出去滾了兩圈，一道瘦小的身影立刻從蹼飛蝲身上跳下，來到身邊踢了他幾腳，確認他無力抵抗後便開始行搶。

我們神聖的光明騎士看到這一幕，立刻拔劍直奔而出，以光明女神之名行使他的正義。

那名盜賊當然不是他的對手，沒兩下就被打暈在地，可是他忘了打暈一個盜賊，還有千千萬萬個盜賊……更麻煩的是那些騎坐在蹼飛螈身上的盜賊並非普通盜賊，裡頭似乎有魔法師。

只聽見魔法詠唱聲起，修伯列四周的沙土開始狂暴旋轉，直向他颳去。他一個側身閃躲，附近卻突然閃現數顆火球，來勢洶洶地砸向他。

但修伯列不愧是身手不凡的光明聖騎士，連詠唱都不需要。他舉起劍，喊了一聲歌頌光明女神咕嚕咕嚕我聽不清楚到底是什麼的話，聖光便頓時由他的劍尖亮起，瞬間擴大籠罩周圍，那些拳頭大的火球在聖光下立刻消失得無影無蹤。

大鬍子男人見狀，立刻視修伯列為救星，整個人撲向他說道：

「他們是邪惡的盜賊『爆裂真螈』，只要能打贏他們，無論你要多少獎金我都會給。」

「大鬍子先生，『爆裂真螈』這一團看起來不知道有多少人，你叫我們的夥伴以一擋十，甚至是以一擋百，會不會太超過了點？」

「我……我可以加錢。」

一名身材修長的女子跳下了蹼飛螈，不偏不倚地落在修伯列前方，冷冷說道：

「將那男人交給我們，這一切就當作沒發生。」

雖然那名女子像我一樣，五官被布料包裹緊緊的，只露出一雙深褐色的眼睛，但渾身不凡的氣勢與命令語氣，在在都讓人覺得她應該是首領一類的角色。

「以光明女神之名，吾不能視若無睹任人受難。」

「別和這種人囉嗦，炸了他把人帶走就是了。」

另一名體型嬌小、身披耀眼紅色披風的女孩也從蹼飛螈身上跳下，氣勢洶洶地這麼說。

不知道為什麼，我總覺得女孩的聲音非常熟悉，和我那可愛的妹妹貝麗兒極為相似。唉！我一定是太想念貝麗兒才會產生這種幻覺。不過她有著一雙和貝麗兒同樣漂亮的碧綠眼眸，手上的魔杖樣式也和她慣用的「翠焰」很像。

「我們不傷害無辜之人，你們只有三人，絕對沒有勝算。」

高䠷女子指了指一直和戰線保持一段距離的我和恩利爾，繼續說道：

「更何況你的兩位夥伴似乎沒有插手的意思，你何必一意孤行？」

她說的一點也沒錯，我和恩利爾確實不是很想插手，如果對方是一群在欺負女孩子的凶惡盜賊，我可能還會忿忿不平地衝過去，問題是現在是一個大鬍子被一群女盜賊搶劫，公主我就沒什麼勁去為他出頭了。

何況「爆裂真蟖」一人那麼多，目前看起來又沒有對我們動手的打算，按兵不動保留實力才是上策吧？

但修伯列並不在意這些，充滿正氣地望著我和恩利爾，單膝下跪朝他說道：

「親愛的恩莉小姐，吾不能違背在光明女神前的誓言。請您稍候，我將一切妥善處理完後便會回到您身邊。」

「哼，口氣可真大！」

——轟！

巨大的爆炸聲伴隨著嬌小女孩的怒斥響起。待一陣煙塵消散後，只見修伯列原本所在之處已被轟出一個大洞，旁邊無數的沙子流瀉到洞裡，形成了小小沙瀑。但修伯列已不在原處，在千鈞一髮之際，他抓住那大鬍子男俐落地往旁邊躲開攻擊，揮劍而出，劃開了嬌小女孩遮住臉及頭髮的圍巾。

火紅的頭髮披散而下，精緻美麗但帶著稚氣的五官也顯露了出來，白皙的皮膚上散布著些許雀斑——仔細一看，那個很喜歡轟炸人的女孩不就是我們家貝麗兒嗎？

啊啊啊！貝麗兒妳不是在學院求學嗎？怎麼跑到漠原上當盜賊了，一定是交到壞朋友了對不對？我可愛的貝麗兒怎麼會做出這種事情來！

不不不，我一定是看錯了，這女孩只是和貝麗兒長得一模一樣而已，只是和她一樣是火系魔法的天才而已，只是習慣用的炸裂魔法和她一樣而已，只是拿著的法杖和她的法杖形狀相同、連主石都是一模一樣的碩大雙色寶石而已，畢竟魔杖顏色不一樣嘛！我絕對不會承認還有「塗漆偽裝」這個可能性……總之她們頂多是失散多年的姊妹罷了，說不定貝麗兒有個雙胞胎姊妹啊！

在她偕同「爆裂真螈」的成員們和修伯列打鬥的短短一刻間，我的人生歷程如走馬燈般不斷跑過，每一幕都是貝麗兒叫我姊姊的模樣。我那可愛天真無邪、總是紅著臉看著我的妹妹，怎麼會在漠原上當強盜呢？雖然她讀的每個學院好像都在這附近……

「那是貝麗兒吧？」

恩利爾湊過來咬我耳朵。貝麗兒沒見過恩利爾，恩利爾卻見過她很多次。

「才不是！我們家貝麗兒怎麼可能會出現在這裡？」

「可是炎之魔法的氣息一模一樣。妳知道的，每個人的魔法氣息都各有不同，就算是雙胞胎也不會擁有相同的氣息，更何況她手上的『翠焰』是獨一無二的，就算有類似的杖身，也不可能連主石都一樣，那可是罕見的魔法石啊！」

「不要說，我不想聽……我們家貝麗兒很乖的，她只是交到壞朋友……」

我正打算把一切都推到不知道打哪來的壞朋友身上時，急促的「啾啾登」、「噗嚕嚕」聲突然自四面八方尖銳響起。

此時我們才發現，方才狂奔而至的綿綿駝在一陣兵荒馬亂之後，瘋狂投奔後方的包心粉螈，成為了牠們的食糧。更糟糕的是，那些包心粉螈一邊吃著綿綿駝，一邊又發現了我們，於是發出聲音召喚附近的同伴，引來更多的包心粉螈將我們團團包圍。

不知該說是幸還是不幸，我終於有機會將傳說中的包心粉螈看個清楚。牠不同於多數的螈類以四肢著地，而是用一雙後足半直立著身軀，短小的前肢前端像是球一樣圓，要是在胸前掛個鼓，感覺牠們便能擺動身子，砰砰咚咚地敲打起來。

至於牠們的臉嘛……圓滑的腦袋咕溜咕溜光滑無比，兩顆烏黑圓亮的眼睛配上捲翹動人的睫毛，加上像是橫倒3的無辜嘴巴，簡直就是夢幻產物。

但可愛的牠們完全不容小覷！粉螈的成體本來就相當巨大，光是尾巴便有一個成人長，整隻站起來的高度讓人必須仰望。

根據《納古草原的蠑螈們》記載，包心粉螈之所以恐怖，並不只是因為牠們既貪吃又陰險，很會迷惑生物，還加上牠們力氣很大，會呼朋引伴聚眾行動，集體追殺獵物。

「爆裂真螈」盜賊團應該也很清楚這一點，只見那高䠷的女子立刻喊了一聲：

「撤退！」

即使如此，逃離現場依舊不是件容易的事。無數的包心粉螈使出恐怖的迷幻力量，不但讓蹼飛螈們躁動地想要朝牠們的桃色陷阱衝過去，有些人甚至也發出了「啾啾登、啾啾登」的聲音，眼冒愛心地試圖接近包心粉螈們，現場的狀況說有多詭異就有多詭異。

「麗麗，清醒一點，不要被牠們迷惑！」

那高挑的女子手忙腳亂的拉住身下的蹼飛螈，一邊焦慮地喊道。

我轉頭看向貝麗兒。她明明被一整群包心粉螈包圍著，看起來卻不打算逃離現場，只是痴痴地望著牠們，似乎很想一把摸上去。

……貝麗兒，我知道妳喜歡粉紅色，也很喜歡愛心圖案，不過這些包心粉螈可是會吃人的喔！那張可愛的臉根本就是用來詐騙的，光是看牠們吃綿綿駝的樣子，就能發現牠們的真面目。

一旦想要靠近牠們一起「啾啾登」時，那張小巧可愛的3型嘴下就會突然裂開一個縫，出現一張充滿利齒、流著口水，宛如黑洞般的巨嘴，瞬間將獵物吸進去，甚至卡在利齒間，瘋狂旋轉直到粉骨碎身。

「噗嚕嚕……嘶嘶！」

「咿阿！」

綿綿駝和人們的慘叫聲終於喚起了貝麗兒的理智，她猛然施展了炸裂術讓附近的包心粉螈們退開，開始向後跑。那名高挑女子也吟唱起風之祝禱，想以風托起貝麗兒讓她快乘上蹼飛螈離開。可是附近的包心粉螈實在太多了，她才剛騎上蹼飛螈，一隻包心粉螈就衝上去猛咬，緊接著，一群包心粉螈隨即撲上，把好不容易躍起的蹼飛螈整隻拖了下來。

貝麗兒摔下蹼飛螈，還來不及尖叫，數隻包心粉螈就已向她衝去。

「風破斬！」

凌厲的風勢颳起，斬向正在攻擊貝麗兒的包心粉螈們。與此同時，我也丟出了天選之翼，衝了過去。

天選之翼狠狠砍過好幾隻包心粉螈的身體，隨後穩穩地回到我手裡，本來圍著貝麗兒的包心粉螈們發現那邊一時間攻不下，注意力便慢慢地轉移集中在我身上。

「啾啾登。」

「登啾……咭咭。」

「來吧！你們這些裝可愛又貪吃的傢伙，看我怎麼料理你們。」

我一手拿著聖．平底鍋，一手拿著天選之翼，以一種自認為威風凜凜的姿態喊道。

「主人呼呼哈！我好興奮！這麼多粉紅色的對手，真是讓我全身熱了起來啊！粉紅色還有愛心真是超可愛的啦！讓我把牠們全部都壓倒呼呼呼呼……」

「啪啪啪啪啪啪啪啪！」

「嘶嘶啾，啾嘶——」

「呼哈哈！你們這些粉紅色的笨蛋都來吃我的鞋底吧！看我聖．平底鍋的厲害！」

包心粉螈們從四面八方圍繞住我，探下頭來想咬我，我則以跳圓舞曲和華爾滋多年的經驗，原地三百六十度瘋狂旋轉，宛如草原上呼嚕呼嚕旋轉的大風車，痛快地用鍋底把那群包心粉螈粉紅色的假臉打成紅通通的腫臉。

不過牠們的臉被打腫之後，烏黑的眼睛變得更是水汪汪，裡頭充滿了成千上萬的小星星，像是無辜又委屈地對我說：

「為什麼要打人家，你壞壞。」

等等，這種危急存亡之秋，可不是幫對手做可愛配音的時刻！

這些粉螈乍看之下很無辜，但那張真實之口顯現了牠們的憤怒。所有被打腫臉的粉螈都張開滿是利齒的黑洞之口，淌著口水開始對我狂吼。

牠們的嘴巴實在是有夠臭的，齒縫間還掛著神祕的肉屑、骨頭、殘破的布料，以及綿綿駝的駝鞍，這些傢伙吃的東西未免也太不挑了！

「焦灼炎烈！」

「轟！」

巨大的爆裂聲再度傳來，火焰暴起逼退了我身邊的粉螈們，我轉頭一看，發現貝麗兒揮舞著法杖慢慢靠近我，為我做掩護。此時「爆裂真螈」的其他人幾乎都撤離完畢，只留下那名身材高挑的風系女魔法師，依舊在一旁掩護貝麗兒。

有了兩位魔法師在身後支援，我便能心無旁騖地揮舞著平底鍋和斧頭，殲滅這些表裡不一的生物。沒過多久，已經有不少粉螈因為被連續攻擊而倒地不起，一部分吃飽的則懶懶散散地離開了，剩下的粉螈不多。我揮舞著斧頭和平底鍋，看到不遠處的修伯列正用聖光守護著大鬍子男和恩利爾，心裡頓時安心了不少。

看這個狀況，我們應該能在粉螈口下逃出生天！

我向靠近我的貝麗兒點了點頭，她碧眼閃爍地看著我，讓我心中一陣悸動，正想趁著空檔開口對她說些什麼，聖．平底鍋的尖叫卻在我腦中響起：

「主人，現在不是把妹的時候！後面、後面那些粉紅色的東西竟然變成粉藍色的！實在太噁心了我受不了了，怎麼可以從草莓口味變成海水口味？我比較喜歡巧克力口味啊！」

等等，什麼海水口味巧克力口味？沒有人在乎你喜歡什麼口味好嗎？

「啾嘶嘶……登呼……」

詭異的聲音從我和貝麗兒後方傳來，我們轉頭一看，果真見到一條超級粗壯的粉藍色草，不對，是粉藍色的包心粉螈尾巴毫不留情地向我們劈下來。

我及時一個側劈揮出天選之翼，並用聖．平底鍋擋住了這一擊，移動身體守在貝麗兒前方，卻聽到她顫抖地說：

「包心藍粉螈……怎麼可能！牠們有火、土、風魔法的抗性，現在該怎麼辦才好？」

即使我不會魔法，也知道貝麗兒擅長火系魔法，另一名女子擅長的是風系魔法。而在這個水源稀少的漠原之上，只要不是專精於水系魔法者，必須向自然借力的元素魔法師是很難施展出水系魔法的。

粉蟟的體型大，數量又多，方才能我們占得上風，有很大的原因是兩位魔法師在後方支援，現在卻出現了這種麻煩的包心藍粉蟟，等於是將魔法師的戰力完全封住了。

更糟糕的是，包心藍粉蟟不是只出現一隻，而是出現了一整群，滿滿的簡直就是藍海一片。

蹼飛蟟見到這一片藍海，激動地想要直撲而下，上頭的高眺女子拚命想安撫牠卻徒勞無功。本來就不會飛的牠一接近地面，立刻有數隻藍粉蟟撲上去咬住了牠，當場被扯得四分五裂。

好在那名高眺的女子身手不凡，動作也很快，及時躲過其他藍粉蟟的攻擊，並快速地詠唱咒語。

「擎風之羽！」

她高喊一聲，背後隱約出現了一對翅膀，羽翼一揮，立刻讓她安然離地。

「菲碧姊姊，妳快走吧！不要管我了！」貝麗兒對著菲碧高喊道。

「我不會拋下妳的！」

「擎風之羽太耗費魔力了，妳不快點離開的話，等一下連自保能力都沒有，我們兩個都會死在這裡的。」

「不行！」

「菲碧姊姊。」

貝麗兒含淚說道，手邊卻出現了一顆超大的火球：

「姊姊要是不走，我就用魔法把妳轟飛出去。」

「麗麗……」

菲碧一時語塞，隨後喊道：

「妳要撐到我回來，我會找人來救妳的。」

「嗯！我會等姊姊的。」

貝麗兒含淚用力點頭後，菲碧終於轉身離去。

嘖！那句「姊姊我等你」聽得我好生不是滋味，可愛的貝麗兒原來不只有我這個姊姊，在外面恐怕有成千上萬個姊姊，眼前這個還親密地叫她「麗麗」，真令我感到寂寞。

不過她依然是我最親愛的妹妹，無論如何，我都會守護她的！

我毫不留情地用聖．平底鍋狠狠把那些探過頭來裝可愛的包心藍粉螈拍扁。

聖．平底鍋則大聲尖叫：

「主人，這些藍藍的東西源源不絕，拍開一個就會有一個遞補上來，快點使用您的必殺技吧！」

其實我也很想使用必殺技，不過使用必殺技必須要有空檔、露出空隙，但我目前身處險境，實在很難抽出空檔，又在能保命的情況下露出空隙啊！

貝麗兒雖然也拿起法杖幫忙敲擊那些該死的粉螈們，不過她畢竟不是一名戰士，更不是一位擁有怪力的公主，那個力道對藍粉螈們來說大概等同於搔癢，牠們甚至還發出「咕登啾」的聲音，特別湊過頭去給她打。

「杰克，吾助你一臂之力！」

修伯列的聲音自一旁傳來，只見他持著有光明女神加持的劍，毫不猶豫地朝我們直奔。

真不愧是一流的聖騎士，很快就為我製造出一個空檔，我緊抓住這次機會，瞄準目標踢出天選之翼，再以雙手緊握聖．平底鍋，心中充滿對螈類的食欲，高聲喊著我之前苦練多時的必殺技——

「全．螈．陣．亡！」

聖．平底鍋大放光芒，依序噴出紅、橙、黃、綠、藍、靛、紫的七彩光芒，並散發出這些日子以來我們將各式各樣螈類煎、煮、炒、炸的各種香氣。當然，它最愛的必殺技配樂也同時響起。

「蠑螈好，蠑螈妙，蠑螈美味呱呱叫♪煎煮炒炸通通好，一螈五吃真美妙♪吃蠑螈，吞蠑螈，喝完一碗蠑螈湯，包你整晚硬梆梆♪」

……等等，硬梆梆是什麼意思？可惜我根本沒時間吐槽聖．平底鍋，因為我發現苦練多時的必殺技，竟然對包心藍粉螈起不了作用！

牠們明明遭受聖．平底鍋色香味俱全的攻擊，卻只是呆了一下，接著又繼續攻擊我們，並沒有喪失任何戰鬥意志，更別提像之前的瘋牛人那樣倒地不起。

「竟然對我所向無敵萬人景仰可愛又迷人的神聖吃吃之光有著抵禦效果！我不

信我不信我不信，我這麼帥氣可人高大俊美威武不凡無所不能為什麼牠們竟然沒有臣服在我的腳下！不可能！啊……我知道了，他們對於被煎煮炒炸烤來吃這種事情並不畏懼！主人您的力量就是食欲啊！牠們不畏懼您的食欲，我們就沒辦法制服牠們啊啊啊！」

聖．平底鍋的尖叫聲在腦袋裡迴響，我的額頭上也冷汗涔涔。我唯一能大範圍攻擊的招數就是聖．平底鍋的絕招，如今起不了作用，就算我倒掛金勾十次，來回踢著天選之翼，也砍不完這些包心藍粉蝷吧。

「果真如傳聞所說，見過包心粉蝷真面目的人就無法活著回去嗎？」

「只有水系魔法才能制服牠們……特別是冰系魔法……」

貝麗兒在我身邊喃喃自語。她高舉法杖，緩緩吟唱著與方才截然不同的魔法咒文。

在此期間，我又搧飛了幾隻藍粉蝷，好讓她專心詠唱魔法。沒過多久，一顆甜瓜大的水球在空中出現，緩緩汲取四面八方的水氣。

「水箭術！」

她嬌喊一聲，天上的水球猛然炸開，朝四面八方的藍粉螈射去。但那水球實在太小了，到了藍粉螈身上只剩下水滴，牠們不痛不癢地發出了「登吱！」的聲音，然後用那張可愛至極的假臉滿臉無辜地望向貝麗兒。

不過牠們的真實之口脾氣可沒那麼好，包圍在我們身邊的藍粉螈同時張開了那張假臉下黑洞似的大口，一同對我們嘶吼著，鼓錘似的前肢不斷上下擺動，後肢輕躍，並快速地甩著尾巴。

簡單來說，我們完全激怒了牠們。見到這種情形，貝麗兒小小的臉蛋上露出了恐懼，雖然她極力掩飾，但藍粉螈很敏銳地察覺了。

發現獵物感到恐懼時，狩獵者便會毫不留情地衝上來攻擊——這是生物的天性。說時遲那時快，數隻本來和我們稍微保持一些距離的藍粉螈，在一聲嘶叫後立刻衝了上來。

「可惡！」

我大喊一聲，劈出了天選之翼，再度以雙手用力握住聖·平底鍋，使勁揮出：

「害怕冰系魔法？那我現在就加點粉螈冰！」

或許是因為我使出了吃奶的力氣，聖．平底鍋剎那間散發出冰藍色的光芒，完全籠罩住包心藍粉螈，讓原本熾熱無比的漠原瞬間變成冰寂之海，連溫度都下降了不少。

「呼哈哈、呼哈哈、喔喔，主人……您太棒了，我溼了……我流淚了，這種如冰河氾濫一發不可收拾的冰冷感是怎麼回事？原來、原來我不是一把火烤煎鍋，而是一把炒冰鍋啊！像我這樣一把忠心耿耿的炒冰鍋，當主人要吃粉螈冰時，我當然要竭盡所能的把這些粉螈炒成冰！呼哈！呼哈！我要去了，要去了，啊啊啊！看我的粉．螈．冰．不．完。」

此時聖．平底鍋的新背景音樂也出現了。

「粉螈冰冰冰不完，對你永永遠遠冰到那天邊♪和你甜甜吃吃個夠，再來、一碗粉螈冰♪」

只見所有的包心藍粉螈都僵立不動，彷彿真的被凍住了。接著聖．平底鍋開始瘋狂旋轉，還射出了無數冰錐，冰錐雖然微小無比，卻如細雨般打進了包心藍粉螈的身體之中，被冰錐所碰觸之處很快地凝出雪霜。

白色霜雪逐漸擴大，本來粉藍色的粉螈們變成純白的粉螈，接著渾身僵硬，倒地不起。

沒被冰錐攻擊到的粉螈瘋狂四散而逃，轉眼間那片藍海已經白雪靄靄，化作滿地的粉螈冰，散發出有些甜膩的氣息。

「奇怪，這些傢伙結凍之後竟然是甜的？」

我穩穩接住飛回來的天選之翼，反手收回腰帶上，然後仔細地打量起聖．平底鍋。

之前恩利爾曾經告訴我，聖．平底鍋對付瘋牛人的方式是精神魔法攻擊，而現在這招「粉．螈．冰．不．完」怎麼看都是一招冰系魔法的必殺技，所以這把鍋子究竟是怎樣的魔法產物？

「主人，別用這樣充滿愛意的眼神看我，這樣人家又會溼了啦！人家、人家也是第一次施展出這樣的絕招，成果實在太棒棒沒話說！都是因為主人愛的力量才能挖掘出人家天上地下唯我獨尊的無窮潛力，以後主人還是要好好和人家相親相愛喔！」

我立刻鬆開聖・平底鍋，不想再聽它嬌羞得令人渾身發抖的告白。管它是什麼魔法產物，真該有人幫它施展一下沉默術。

我轉頭看向貝麗兒，正要開口問她為什麼在這裡，她卻先開了口：「你為什麼要出手救我？我可是盜匪集團『爆裂真蟖』的人。」

「說什麼傻話，因為我是妳的姊——」說到這裡，我突然打住了話。

貝麗兒雖然知道在「勇者計畫」中我會被魔王擄走，但對於恩利爾遭到大臣叛變，計畫有了變動的事一無所知。

因為討厭太陽，到了漠原後我便把自己纏得緊緊的，包著無數圍巾，只露出一雙眼睛；再加上一路上都作男性勇者裝扮，說話聲音也習慣壓得比較低，貝麗兒一時應該看不出是我。既然她沒認出來，我不如假裝成路過的勇者，避免節外生枝。

見我話說到一半就打住，她有些困惑地問：「因為你是我的……？」

「——我是妳的杰克啊！」

說完，我立刻單膝下跪，執起她的一隻手親吻她的手背，動作流暢得連自己都起了雞皮疙瘩，感覺好像被修伯列附身了一樣。

「杰、杰克嗎？感謝你的搭救……我想現在我們應該算是同伴了吧？我就把實情告訴你。方才我們追擊的大鬍子男其實是個無惡不做的商人。」

「什麼？」

「他以龐大的獎金誘騙漠原上的帕森一族男性，去挖掘傳說之城帕華諾羅的寶藏，卻在寶藏搜尋未果後找人搶走他們僅存的飲水和食物，讓男性們餓死在廢墟中，再把帕森一族的老弱婦孺賣給人口販子，牟取暴利。

為了幫帕森一族討回公道，我們『爆裂真螈』才會對大鬍子男的商隊行搶，並打算抓住他，送去讓帕森族人報仇雪恨。」

此時修伯列剛好帶著大鬍子與恩利爾過來。大鬍子一聽到貝麗兒這樣說，馬上大聲喊道：「冤枉、冤枉啊勇者大人們，我可不是那樣的人。」

「你還有臉這樣說？我們可是有人證的。」

貝麗兒忿忿不平回應，順手又丟了一個小型的炸裂魔法到大鬍子身上，將他的鬍子和頭髮都炸捲了。

「你們、你們含血噴人。」

「不信嗎？杰克，你願不願意和你的同伴來我們的根據地，讓這傢伙與帕森族的證人對質？」

我轉頭看看修伯列和恩利爾，恩利爾點了點頭，修伯列低下頭似乎在思考，大鬍子則在旁拚命叫道：

「勇者大人，不要中了盜匪們的伎倆，他們只是想要把你們騙去再……啊！」

貝麗兒很沒耐性地將大鬍子一棒打昏，嘛起嘴巴對我說：「杰克，你相不相信我？」

「我當然相信妳。」

「那就走吧？」

「好。」

♛

到了「爆裂真螈」的根據地，面對那些指證歷歷、悲苦無比的帕森族人，大鬍子再也無法否認自己的罪行。原來爆裂真螈竟然是俠盜團體，行搶的對象主要是邪惡商人和過於奢靡的王室，再將這些錢拿去救助窮人。

「所以說嘛！我們家的貝麗兒怎麼可能學壞？她並不是在外為非作歹，而是行善積德、造橋鋪路啊！嗚嗚，真不愧是我們家可愛的貝麗兒啊！」

這天夜裡，我們接受了「爆裂真螈」的款待，和他們一起在營火旁喝酒吃肉。我一邊吃著烤肉，一邊淚流滿面地為貝麗兒的行為感到欣慰，並向恩利爾解釋她的清白。

「可是她好像完全認不出妳來呢。」

恩利爾喝了一口酒後就沒有再吃東西，只是坐在我身邊，偷偷指著在我們附近的貝麗兒說。

「她長年在外，每次回來見到我都是我化妝的樣子，認不出卸妝後的我有什麼好奇怪的？」

既然要吃東西，我就不能不解開圍巾。儘管我早已打算打死不承認自己的身分，誰知貝麗兒只是說我的眼睛和她認識的人很像……只能說艾蜜莉雅的化妝術神乎其技，連我都認不出自己了，更何況是妹妹呢！

「是嗎？我倒覺得妳非常好認，每次在人群中，我都能立刻發現妳。」

恩利爾有些不置可否地望著人群，拿起了我的酒杯喝了一口，接著看著裡面的酒液，露出嫌惡的表情。

「你不要喝了別人的酒還做出這種反應好嗎？明明味道不錯啊！」

我搶過酒杯，一口氣把剩下的酒喝掉，露出「喔喔喔，真是太好喝了」的表情，恩利爾舔了舔唇，雙頰有些酡紅的看著我。

「喜歡喝酒嗎？下次我可以釀給妳喝喔。」

「真的嗎？恩利爾真是太厲害了，什麼都會做。」

「嗯。」

恩利爾起身似乎想離開，不過不知道是不是因為酒意，一個踉蹌就往旁邊跌去，我趕緊扶住讓他坐下，他卻歪著頭閉起眼靠在我肩上，我伸手很自然地想拍拍他，卻赫然想起修伯列應該在場，趕緊抬頭張望。

只見他果然在不遠處看著我們，凝視的模樣很溫柔卻又有點憂傷。我立刻用口型對他表示：

「你快過來啊！」

沒想到修伯列卻搖了搖頭，默默地走出人群，害我心裡突然內疚了起來，正想追上去叫住他，順便把恩利爾交給他，卻被貝麗兒喚住了。

「杰克，所以你們是要去卡斯凱楚斯，拯救被魔王捉走的奎德薩第一公主？」

「嗯。」

我露出了一副捨我其誰的壯士神情，敲著平坦的胸口說道：

「打倒魔王、拯救公主是我們此行的目的。」

「太好了，我也想要一同去解救公主！」

「什麼？」

我立刻嚇得差點倒退三步。貝麗兒，妳明明知道勇者計畫的內容，去救姊姊幹嘛？更何況姊姊就在妳前面，不需要被拯救，我們是要去拯救魔王啦！

「其實我是奎德薩的人，我國第一公主萼特妮蒂是一位美麗善良如天使般的完美公主，她被邪惡魔王擄走的這件事實在太令人難過了。身為魔法師的我豈能視若無睹，眼睜睜看著蓴特妮蒂公主萬劫不復呢？」

說實在的，我認識貝麗兒這麼久，最常聽到她說的話就是「人家最喜歡姊姊了」、「姊姊把人家拋高高嘛」、「姊姊把球丟到那人腳邊嚇死他嘛」諸如此類的撒嬌短句，如今聽到她這樣一連串振振有辭的發言，還真是把我嚇得不輕。

想她雖年紀小，卻已經炸遍各國學院，還是俠盜集團成員，和我這個長年待在宮殿裡，只會在陽台上唱歌的公主比起來，閱歷不知道豐富多少，我卻一直把她當成那個只會和我撒嬌的小女孩，真是太可悲了。

更可悲的是，我完全不知道該如何拒絕她的要求。

「那妳就和我們一起上路吧。我們目前只有三個人，正缺夥伴。」

此時本來應該睡著的恩利爾竟然開了口，我瞪了他一眼，他卻語氣慵懶地繼續說：

「我是廚娘，沒什麼戰鬥力，杰克是大力士，修伯列是聖騎士。現在我們確實差一位魔法師，妳要是能加入我們就太好了。」

「那好，明天我就和你們一起上路！」貝麗兒露出了一抹可愛的笑容。

我乾笑了幾聲，望著她興高采烈離去的身影，忍不住轉頭看向依然在閉目養神的恩利爾：

「這樣真的好嗎？我們可不是一般的勇者團耶。」

「在到卡斯凱楚斯之前，我們會有需要魔法師的地方，更何況她是妳妹妹，妳也很清楚她的實力，不是嗎？」

「可是很危險啊！萬一畢皮業……」

「妮蒂。」

恩利爾的口氣變得很認真：

「她如果真的想要『拯救』蓴特妮蒂公主，就算不和我們在一起，也會跟著其他勇者團走。要是他們的速度快於我們，就真的會遇上畢皮業了。目前我們還沒被畢皮業發現蹤跡，眼下也沒有其他人比我更熟卡斯凱楚斯，與其他人比起來，和我們一起走還比較安全。」

「嗯……或許吧？」

第二天一早，貝麗兒果然背著包袱，滿臉笑容地騎著綿綿駝，和我們一起出發。她對於漠原非常熟悉，有了她之後，我們的行進速度更快了，解決盜賊也變得更有效率——因為那些盜賊常常還來不及放完話，就會被貝麗兒炸飛。

連我的晚餐螈類，她也竭盡所能地想要幫我找，不過牠們經她一炸，通常會從一隻變成一千片，收拾起來實在困難，最後我還是盡量爭取自己以勞力換取飲食，避免挨餓與生疏了武技。

在與斧頭、平底鍋搏鬥的日子裡，我們逐漸抵達了納古漠原的邊界，只要能穿越帕瑪麥石林，便能正式離開納古漠原。

「啊！今天的落日好像火，搭配石林的柱石，真像烈火熊熊的烤肉架，多麼適合烤肉！希望出了納古漠原，就可以吃到真正的烤雞……唔，烤牛腿也行。」

「杰克真是好胃口。」

「那當然，吃飽睡好才有體力征討魔王啊！話說這座石林有些鬼影幢幢的感覺，會不會很難走？」

「帕瑪麥石林地形平緩，雖然有些野獸，但若沒遇到整個群族，倒不至於無法應付，比較棘手的是石林中有兩位石林守護者，無法輕易解決。我們得在天黑前找到安全的地方紮營才行。」

「唔，那就麻煩綿綿駝們走快點了。」

「咦！那是……」

貝麗兒突然大喊一聲，嚇得我們立刻停下來。

「哪個？是敵人嗎？」

「不，那是石林知名的景點——沉思的綿綿駝。」

「呃，綿綿駝也會沉思嗎？我看看……確實是有點像，沒想到綿綿駝也有哲學家的一面。」

「噗噗嚕……」

「啊！」

「又、又有什麼發現了嗎？」

「那是石林午茶百匯石群，有著十數種巧奪天工的點心狀石頭，還有下午茶三層塔狀石，是石林中公認看起來最美味的石群。」

「這……這不是馬卡龍和巧克力噴泉嗎？這樣說起來，勇者之路上都沒有甜點啊！」

「趕路都來不及，哪有時間做點心？」恩利爾冷冷地說。

「不，我沒有責怪廚娘的意思。都怪我不好，當初沒有請你料理那些散發甜味的包心藍粉螈，只是我肚子真的有點餓了，所以忍不住滿腦子都是吃的。」

「妳就算吃飽也是滿腦子吃的好嗎？」

「我有時候也會想到睡覺，腦中不是只有吃的！」

「咕嚕……咕嚕……咕嚕。」

「等、等等！這……這應該不是我的肚子在叫。」

「…………」

「喂，你們不要不說話，相信我啦！」

「咕……咕嚕嚕……咕嚕咕嚕！」

「不好意思，雖然我覺得自己應該沒有那麼餓，不過現在既然叫得像雷聲一樣，恐怕情況已經超出我的掌握。」

「那並非汝肚子餓之聲。」

「快躲起來，那是石林守護者滾石頭的聲音！」

貝麗兒的話讓我們嚇了一大跳，趕忙驅趕著綿綿駝躲在巨岩的陰影下，並且摀住牠們的嘴巴，避免發出嘶嘶嚕嚕的嘈雜聲響。

咕嚕聲越來越大了，還伴隨著「砰！砰！砰！」的巨大腳步聲，一時間地動天搖，震得我們似乎都要彈跳了起來。沒過多久，就看到兩個赤裸著上身、下半身圍著破爛獸皮的巨人，滾著一層樓高的圓石走了過來。

方才那奇怪的聲響是他們滾石頭的聲音，而非我肚子在叫，著實讓我鬆了一口氣，可惜鬆的那口氣在看到巨人時又吸回來變成倒抽一口涼氣，畢竟他們實在太巨大了，幾乎有半座塔那麼高。

我禁不住好奇，探頭想看清楚他們的模樣，只見他們頭髮散亂披肩，皮膚堅硬粗糙，防禦力似乎相當高。奇特的是他們只有一隻眼睛，橫據整張大臉，顯得猙獰嚇人。

當他們走到我們躲藏的巨岩時突然停了下來，我趕緊停止偷窺，將身體藏進陰影裡，貝麗兒也瞪大眼睛咬住下唇，看起來相當緊張。

不過修伯列倒是一臉平靜地把手按在劍柄上，像是他們再靠近一點，他立刻會拔劍而出。然而儘管他的劍很快，不過我懷疑再快的劍都難以穿透那看起來厚得要命的皮膚。

巨人們停駐了一會兒，才又開始滾著石頭離開。等到完全聽不到聲音之後，貝麗兒拍拍胸口說道：

「好險躲過了。」

「若被石林守護者發現，不知會如何？」修伯列沉聲問道。

「如果被他們發現，就得經過重重難題考驗。要是沒通過考驗，他們就會將人逐出，不許通過石林。」

「什麼樣的難題？」我好奇問道。

「什樣樣的難題都有喔！光我聽說過的就有好幾種，比方說他們會並排躺下，要你一口氣跳過他們，或是問你奇怪的問題，有時還要你逗他們發笑，或是讓他們哭。」

「簡直就是整人嘛……」

貝麗兒用力地點點頭，表示認同我的意見。

好在我們避開了那兩個愛整人的石巨人，不然誰知道他們會出什麼難題考驗我們？當我這麼想著時，天色突然暗了下來，抬頭便見一隻超級大的眼睛在我頭上眨巴眨巴，那睫毛長得可以做頭髮，實在令人忌妒又害怕啊……

修伯列拔劍而起，但下一秒我就看到他整個人被巨人拍飛出去，雖然他的身體很帥氣俐落地立刻翻躍而起，頭卻已經咕嚕咕嚕地滾得老遠。他的身體停頓了一會兒，接著以迅雷不及掩耳的速度跑去追他的頭。

想起修伯列前陣子在漠原上沒有掉頭，我還以為他的腦袋牢靠了一點，沒想到今天竟然破了功。我還以眼角餘光瞄到貝麗兒用雙手遮住了嘴巴，圓睜著一雙翡翠般的眼睛，似乎十分震驚。

「哈哈，你看看你。」

如雷的笑聲從我們頭頂上傳來，看來修伯列似乎逗笑了這一對愛整人的巨人們。

修伯列裝好了他的頭，又恢復成一位風度翩翩的俊美騎士，謹慎地持劍與高塔般的巨人對峙。

「兩位悄無聲息地接近，有何貴幹？」

「我們才想問你們幹嘛偷偷摸摸地躲起來？我們又不吃人。」

他這個問題瞬間把修伯列考倒了。他一時啞口無言，貝麗兒則出來為修伯列助陣：

「你們的身體這麼大，我們當然要躲起來，避免被你們不小心踩到啊。」

見貝麗兒開口，他們同時瞪大了眼睛。右邊的巨人說：

「誰敢踩你們？」

「要是踩扁還會黏在腳上。」左邊的巨人說。

「骨頭斷掉插出來，卡在指頭縫還會癢癢的。」

「沒被踩到的還會揮著牙籤又叫又跳，拚命戳我們屁股，說要幫同伴報仇。」

「又難洗又麻煩。」

「還真不想踩到。」

兩個獨眼巨人的四隻大手同時無奈一攤，一齊嘆了一口氣。

不是我在說，這一對獨眼巨人簡直就是吐槽活寶嘛！不知道要是把聖．平底鍋交給他們，會出現什麼精采的對話……

「我們知道大家都不想遇上我們。」

「不過都被我們發現了。」

「你們就認命吧！」

「哈哈哈。」

兩個巨人又一同笑了起來。

感覺是兩個古怪卻不失親切的巨人。我覺得有些好笑，忍不住開口問道：

「你們叫什麼名字啊！」

「想問別人名字之前。」

「要先介紹自己吧！」

「真抱歉，那容我先介紹自己，我是杰克。」

我作勢要與他們握手，他們兩個蹲下了身子，同時伸出了手。看著眼前兩隻比窗戶還大的手，我也用兩隻手握住了他們的指頭，同時和他們進行友好的接觸。

這個動作似乎逗樂了他們，於是乎接下來就變成了友好的互動時間。兩個巨人一個叫布隆特斯，一個叫史特羅佩斯，他們平常的食物也是螈類，說晚餐要請我們吃螈類大餐。

不過看到他們直接把螈類丟到巨大的營火中，說是要烤熟來吃時，恩利爾終於忍不住跳出來說：

「看你們的手法就知道完全不會處理螈類。」

「妳會料理這東西？」布隆特斯問道。

「當然。」

恩利爾雖然連他們的膝蓋都不到，卻以一種睥睨的神情望向他們：

「我不信世界上有人真的會料理這東西的。既然妳這麼說了，今天晚餐就讓妳準備！」

當恩利爾擺出了蠑螈全餐時，兩人的大眼瞪得更大了，看起來格外嚇人。

「本來想用晚餐刁難他們，要他們吃下最難吃的棘螈，結果你看看這些棘螈被烤得這麼好吃，怎麼辦？」

在我們享用螈類大餐時，我看到兩個巨人吐出棘螈的骨頭，打了一個飽嗝後，在旁邊竊竊私語。

雖然說是竊竊私語，不過因為他們很大隻，聲音自然也很大，在場的所有人應該都聽到了。

「好久沒有吃到這麼好吃的東西，不如讓那個廚娘留下來幾個月，就能過點好日子了。」

「算了吧！要是把人留下來，他們晚上就會戳我們屁股，每天都會睡不好。」

「你們兩個！想要出什麼難題就直說，不要在那邊故意討論！」

在遇到巨人後，一直有點緊張的貝麗兒跳起來大叫。

「唉，出難題也是要花腦力想的，妳不要這麼急躁嘛。」

「那就不要每次都刁難人，讓大家穿越石林都很困擾啊！」

「因為待在這裡實在太無聊了，非得找點樂子不可。」

「太過分了！」

聽到貝麗兒如此激動地大叫，史特羅佩斯突然深深嘆了一口氣：

「小女孩，妳一定不知道這石林有什麼作用吧？妳以為我們為什麼要一直待在這個石林？」

見兩個嘻皮笑臉的巨人突然變得這麼認真，貝麗兒不由得愣了一下，開口問道：

「為什麼？」

「偏不告訴妳，哈哈哈。」

「可惡！」

貝麗兒被他們逗得又叫又跳，還上前拿法杖敲他們，但也只是被巨人們輕輕彈開，完全不當一回事。貝麗兒見狀更生氣了，我還來不及阻止她，她就發出了好幾個火焰球想要幫巨人燙頭髮，不過它們還來不及靠近，就被巨人一吹，吹到營火裡去了。

「貝麗兒，我們打不過他們的，別生氣了。」

「我還有絕招沒發呢！至少也要把他們的睫毛燙成小卷才行！」

「別這樣，要是真的變成那樣，不是更嚇人了嗎？」

「唔……好吧，聽你的。」

聽了我的勸說，貝麗兒終於忿忿不平地坐下來吃飯。此時我對史特羅佩斯的話充滿好奇，忍不住開口向修伯列與恩利爾小聲問道：

「印象中納古漠原這一區塊都被石林包圍，唯有穿越石林才能出去，但這些石林究竟是怎麼出現的，還有他們為何是石林守護者呢？」

「我是有聽過傳說，但並不是很確定……修伯列你知道嗎？」恩利爾偏著頭想了一會兒後說。

「石林最早之前是聖戰之牆。」

「聖戰之牆？」

修伯列拿起一根骨頭，在地上畫出了波達爾大陸的地圖。

「大約三百年前，人、精靈、魔法生物的居住地並非如現在壁壘分明，多是雜居而處。有些身負強大魔法、心懷巨大野心的人發起了戰爭，想要統治全大陸並奴役魔法低弱之人，聖戰就此而起。」

修伯列繼續解釋道，當時勢力最強大的一支軍隊，就是目前北方邊區由凜冬之主所領導的冰霜巨人。他們南下侵略時，在納古漠原附近展開一場決定性的戰役。

當時的戰爭十分慘烈，屍堆成山，鮮血在漠原上匯流成河，卻依然抵擋不住凜冬之主的攻勢。那時人類最偉大的魔法師梅德琳與精靈共主決定在漠原邊界築起一座魔法之城，做為根據地阻擋冰霜巨人。

最後他們終於成功擊退冰霜巨人。那場戰役被稱為聖戰，而納古漠原上的石林，就是當時魔法之城外圍防禦石牆的遺跡。

「石林守護者又是什麼意思？」

「當年，凜冬之主曾言他將回歸，許多人也認為其並未放棄其野心。魔法之城雖消失無蹤，但聖戰之牆絕不能遺棄，故石巨人們持續在此維持石林的完整性，自稱為石林守護者。」

「沒想到還有這樣的故事？修伯列好厲害，這麼多年前的事情也知道。」

「此事就吾來說，歷歷在目。」

這天晚上，巨人要求我們不能離開他們用石頭所圍住的範圍，等到明天他們想好問題再說。

「如果不聽話，就把你們直接丟回漠原去。」

布隆特斯眨著他超大的眼睛說完後，便踏著隆隆步伐，和史特羅佩斯消失在黑暗之中。

「真的會有人乖乖待在這裡面不逃跑嗎？」

我懷疑地盯著四周圍得不是很密的石頭，不太了解這個布置稀疏的牢籠究竟能關起什麼東西？不過當我大搖大擺地試圖從石頭間那可容納一排五人的空隙走出去時，竟然被一道看不到的存在擋住，無法再前進。

我上下打量石牆縫隙，在月光的照耀之下，可以看到石頭外的漠原以及無數的怪石豎立，可是無法出去，這真是太神奇了！

我甩了甩手腳，開始跑往另一個角落，在到達巨石的邊緣前用力蹬了一下跳起，往空隙中來個帥氣飛踢，卻很快就撞了壁，狼狽地遭到無形的力量彈飛出去，摔到另一顆石頭上滾了下來。

好在公主我身強體健，咳了兩下就沒事了。貝麗兒見狀揮起了法杖，毫不遲疑地詠唱起咒語：

「焦灼炎烈！」

一個火球在石頭附近炸開，熾熱的風與震波讓我們都忍不住往旁邊站了站，被攻擊的石頭卻毫無反應，甚至連點震動都沒有。

「火神之怒！」

她火力全開，施展了一個超大的火系魔法，我們全員後退到最遠的地方，依然差點被那席捲而來的熱浪燙捲了頭髮。

可惜被攻擊的石頭們依然毫無反應，只是顆石頭。

「討厭！」

貝麗兒又叫又跳地放棄了攻擊石頭的行動。修伯列則沿著石頭布置出的範圍走了一圈，才開口說：

「魔法之牆威力依舊。」

「沒想到這看不見的牆壁竟然堅不可摧，今天真是長了見識。」我有些驚奇地表示。

「世上並無堅不可摧之物。」

「沒有什麼東西是堅不可摧的。」

這兩句話同時從修伯列和恩利爾口中說出，讓我和貝麗兒嚇了一跳。不過恩利爾沒有繼續搭腔，鋪好睡袋，躺下來便翻身背對我們睡了。

修伯列摸了摸眼前的石柱，低聲說：

「即使是被認為無人能敵的凜冬之主，最後依舊落敗於此。即使他說他將回歸，可是……回來的也已經不是他了。」

當他說完後，便向我及貝麗兒躬身示意，表示自己要守夜去了。

當我正思忖著修伯列究竟有沒有必要守夜時，貝麗兒湊到了我身邊，抬頭看向石柱，口氣認真地對我說：

「杰克，我相信世界上有堅不可摧的事物。」

「嗯，我也相信有。」

Chapter 5
名為杰克就
注定要種豌豆

清晨時分，我正在夢裡吃著有甜點的大餐，卻被布隆特斯用兩隻手指頭搖醒，打斷了夢幻的用餐時間。

「唔，為什麼要這麼早叫我起床？」

我揉揉眼睛，在大霧中好不容易找到大家的身影。恩利爾和貝麗兒看起來還在睡，於是我對著總是負責守夜的修伯列點了點頭後，跟著兩個巨人走了出去。

「我們想到要給你什麼考驗了。」

「喔？」

我打了一個呵欠說道：

「是考驗我早上會不會賴床嗎？」

他們兩個難得沒有搭話，只是嚴肅地睜著大眼看向我：

「我們會和你說一個故事，然後問你問題。」

感覺起來會是個很複雜刁鑽的故事，莫非是考驗我的記憶？

話說公主我的記憶力實在稱不上好，不過事到如今，也只能坦然接受考驗。倘若無法通過考驗，我就得試試自己的力氣夠不夠大到可以把這兩個巨人丟飛出去。

「世界初創，只有一片寒冰……」

布隆特斯與史特羅佩斯說起了一個我從來沒有聽過的傳說。

當時天空永遠陰雲密布，時時刻刻颳著暴雪，大地除了霜雪之外一無所有。寒冰中出現的首個生命是一位冰霜女巨人，名為亞特拉蒂，她的眼乍看是海水的藍，實際上卻有各種不同顏色，她的髮是白雪的白，皮膚近乎透明，甚至連雙唇都沒有任何紅色。

亞特拉蒂一無所有，沒有感情也不會言語。她漫無目的地行走於大地之上，直到有一天太陽從層層雲霧中出現，然後又消失了蹤影。

此後她一直凝視著天空，等待太陽出現，持續百年，持續千年。

在這麼多年的凝視之下，她那雙水藍的雙眸因為長久凝視太陽而蒸發，她的胸口變成金色，又轉為紅色，她那由冰雪所凝成的身體因為這些熱度而融化成汪洋，她的頭髮、指甲、骨頭化為各式各樣的生命，她的呼吸、動作及性命化為了魔法，她的心化為各種巨人，裡頭卻有一片冰沒有被太陽所照到，因此化作了冷血無情的冰霜巨人。

冰霜巨人們食量大、力量也大，無法和同族生育，因此他們的男性會擄走人類女性做為生育孩子的工具。多數的女人會難產而死，即使沒有難產，也會因為孩子的體質特殊造成母體虛弱，在生完孩子後不久身亡。

男性冰霜巨人與他族女子生下來的男嬰一定是冰霜巨人，巨人們會把他撫養長大；若生下來的是女性，人稱冰霜魔女，擁有美麗外貌的他們才會撫養，因為美貌同時也代表著冰霜魔女的魔力。此外冰霜魔女的外型大小與人類無異，很適合作為對外婚配的對象。

而那些外貌平平的女嬰因為擁有人心，則會被丟棄在冰雪荒原之上，任由她們凍死。

「所以，你是誰？」

有美貌就能活下去，不美麗就無法存活在世界上，這是一個多殘酷的世界！當我正沉浸在這個悲傷的故事裡，卻突然被問這種問題，實在很錯愕，莫非他們想要考驗公主我腦筋急轉彎的程度？

當下我立刻用堅定的語氣說道：

「我是杰克！」

他們倆彎下身子，把頭湊近我，兩隻超級大眼睛看著我，我也毫不退縮地瞪著他們。

「你是誰？」布隆特斯又開口說道。

「勇者杰克！」

「你是誰？」

史特羅佩斯依然問了同樣的問題，我更是堅定地大喊道：

「想要成為大陸上最強勇者的杰克。」

「嗯，有志氣。」

兩個人摸了摸下巴的毛毛鬍，似乎很滿意我這充滿志氣的答案，揮了揮手就準備帶我回去。

老實說，我還真有點摸不著頭腦，所謂的考驗這樣就結束了？他們兩個擋在石林這究竟到底要幹嘛？我說自己是勇者杰克真的有幫他們找到樂子嗎？還是他們其實看出來我是女的？

我打直了腰，伸展一下身子，看了看自己平坦的胸部。

實在不知道該高興還是該悲傷，我成為「勇者」後一路上不知道遇上了多少人，卻從來都沒被懷疑性別過。誰叫我不但很會吃，力氣又大，怎麼看都不是一個女孩子應有的特質。

「所以你們一直問我是誰，只是想考驗我的反應力嗎？」

「不然你希望我們怎麼考驗你？」

「比腕力嗎？」

兩人一搭一唱地問道。我伸出自己的手腕和他們的比了比，搖搖頭：

「感覺不太妙。」

「杰克，你不是立志成為全大陸最強的男人嗎？」

「呃，好像是。」

「有志氣點，給你第二個考驗，比腕力好了。」

「什麼？」

「比不過也沒關係。」

「是培養你挑戰的勇氣。」

「好，來吧！啊………」

結果我灰頭土臉地飛了出去，爬回來時他們已經叫醒了貝麗兒，對她提出了考驗：

「我想想看……妳擅長火系法術，那就跳過自己召喚出來的火圈好了。」

「什、什麼？」

「要妳跳火圈應該不會太難吧？」

「可惡！我一定要殺了你們——焦灼炎烈！」

貝麗兒高舉魔杖，發了火焰球衝出去想要攻擊，不過那個球被他們吹一吹變成了火圈，衝太快的她剛好跳過了那個火圈，兩位巨人給了她熱烈的掌聲，她氣得差點沒昏倒。

接著他們抓住了修伯列的腰，說要搖晃他一陣子，叫他不可以把頭掉下來。修伯列很鎮定地全程用手按住頭，安然度過。

至於恩利爾的部分，兩位巨人表示，做為一個能把蝀類料理得出神入化的廚娘，他們實在敬佩不已，因此只要烤個十隻美味巨蝀，再讓他們問一個問題就好了。

在貝麗兒的旺盛火力支援下，烤十隻巨蝀對恩利爾來說完全就是小意思，輕而易舉過了這一關。

至於接下來的問題我覺得跟之前考驗我時一樣，根本就是巨人們因為好玩而隨意問問罷了。只見他們一邊吃著巨蝀，一邊隨意地問恩利爾：

「妳知道自己真正想要的是什麼嗎？」

「我？」

恩利爾難得挑起了眉：

「身為廚娘的我，當然是希望煮飯時隨時有食材能自由運用。」

「真是一個無可挑剔的答案。」

「那妳真的不打算留下來當我們的廚娘嗎？」

「喂！我要提出抗議，哪有人趁機問這種問題的？我們團隊堅守廚娘，你們想留下他，我就和你們拚命。」

「哈哈哈，開玩笑的啦。」

「我們不想晚上睡覺被人戳屁股，你們快走吧！」

當我們準備離開石林時，史特羅佩斯蹲下來摸了我的額頭，開口嘰哩呱啦地說了一串我完全聽不懂的話，隨後就和布隆特斯咕嚕咕嚕滾著石頭走回石林了。

我有些摸不著頭緒，轉頭問萬事通修伯列：

「他剛剛跟我說什麼？」

「應該是巨人語，然內容吾不清楚。」

恩利爾突然轉過頭來說道：

「亞特拉蒂之心，願陽光時時伴妳左右。」

「什麼意思？」

「巨人們的祝福語。」

恩利爾笑了笑，跳上了綿綿駝準備出發，似乎也沒有再解釋的意思。

我摸了摸剛才被碰觸的額頭，點了點頭，史特羅佩斯那句話應該是希望我們旅途平安的意思吧？雖然我還滿討厭太陽的，不過聽到這句話還是覺得心頭暖暖，感覺不錯。

我們就這樣正式離開了漠原。

出了漠原，便不是適合綿綿駝行走的區域，一般人都會將綿綿駝轉賣回給商人，於是我們也帶著牠們往專屬的市集前進。由於這裡離卡斯凱楚斯已經非常近了，關於奎德薩公主被抓的消息似乎也傳了過來，不時可以聽到有人談論這件事情。

「奎德薩啊……聽說公主十分美麗，不知道目前在魔王城堡中受到什麼樣的待遇？」

「怎麼，你心動了嗎？馬上組隊去參加征討如何？」

「懸賞獎金與細節又還沒出來，等到官方消息傳來，我馬上就去冒險者公會登記找夥伴。」

「明明是個膽小鬼，還找什麼藉口。」

「不然你來啊！」

「卡斯凱楚斯的魔王似乎是第一次這麼高調地抓走公主！不知道實力如何？」

「據說這魔王和烏洛克的西之魔王是兄弟，應該也很難應付吧？」

「是啊！烏洛克那位，不是聽說光憑一道魔法就剿滅了某國騎士團嗎？那可是有百人規模的騎士團啊……」

「呿，卡斯凱楚斯的規模和烏洛克哪能相比？」

「是啊，我看卡斯凱楚斯的魔王就算真的擁有魔族皇室血脈，也和那些自立為王的小魔差不多，根本不是什麼上得了檯面的角色。」

「是啊！統治卡斯凱楚斯這麼多年，都沒什麼積極作為，根本就是廢物一枚。相比之下，烏洛克那位才是真正的魔王啊！」

「卡斯凱楚斯的魔王好歹被稱為東之魔王，也算雄踞一方，怎麼可能是什麼上不了檯面的角色！」

忍無可忍，無須再忍，我立刻轉頭回嗆剛才聊天的那些人。

「唷唷唷，小夥子這麼激動幹嘛？」

「奇怪，你不是要去征討卡斯凱楚斯的魔王嗎？怎麼我們說他的壞話你就不爽了？」

「是不是欠教訓啊？」

幾個彪形大漢仗著身高優勢湊了過來。修伯列見狀正要上前說些什麼，我卻把他往後一推：

「這是我故意找來的麻煩，如果你把我們當同伴就別管。」

他有些無奈地看著我，我則昂首闊步迎了上去，用大拇指指著自己的鼻尖說：

「告訴你們，我可是立志成為大陸上最強男人的杰克！被我視作敵手的魔王絕對不是什麼簡單的角色，你們羞辱那個魔王就是羞辱杰克我！身為男子漢不可能吞下這口氣。」

此時恩利爾蹭到我身邊小聲說道：

「妳是從哪裡學來這種台詞的？」

「《你所不知道的嘿嘿嘿嘿》裡面寫的。」

「別再亂看書了。這種事情我不介意，別和他們胡鬧。」

我瞪了恩利爾一眼，轉頭正視那些摩拳擦掌的眾人，毫不客氣地說：

「你、你、你，一起上來吧！」

「好大的口氣。」

「小子你找死。」

「欠扁！」

當那三人掄著拳頭撲上來時，我抓著恩利爾轉了半圈，躲過第一個人的拳頭，隨後順手抽出聖．平底鍋往那人揮去，只見他立刻飛出去打到第二個人、撞倒第三個人，在眨眼間就「砰砰砰」地跌成一團，摔落在地。

「哇，主人的姿態好輕盈好像蝴蝶，飄移的姿態多麼感人，好似拳王阿里巴巴的絕技再現，配上聖．平底鍋我完美的圓弧，這一擊可說是完美無缺啊！話說上次遇到巨人時怎麼不把我拿出來和他們過招呢，我可以從那兩個巨人身上感受到一種前所未有的親切，就像是主人您……」

聖．平底鍋的囉嗦碎念還沒結束，我就已經帥氣地將它收回我的腰際，撥了撥頭髮，假裝無奈地對著附近觀眾嘆道：

「欺負弱小，情何以堪！」

「哇喔，好帥！他一招就把三個人解決了耶！」

「而且還是用平底鍋。」

「沒想到有人可以把平底鍋用得這麼帥。」

「啊，我知道他！有著一頭長髮與修長身材的勇者——大力士杰克，手持平底鍋打敗了漠原上最凶惡的包心藍粉螈，還吃了牠們。」

「吃掉？騙人的吧！他這麼優雅，怎麼會做出那種野蠻的事情？」

「討厭，明明看起來那麼纖細，力氣卻很大嗎？真想被他公主抱。」

我泰然自若地向著朝我丟飛吻的少女們揮手，對於自己受到眾人圍觀感到有點懷念，就連貝麗兒也衝上來抓住我說：

「杰克……你好帥啊！」

「好說好說。」

當我正準備擺個姿勢好讓貝麗兒更愛我這個姊姊時，恩利爾卻在旁邊說：

「這傢伙就是花心，愛招蜂引蝶。」

「沒有啊，我是無辜的。」

等等，我怎麼覺得這句話有些像是花心公子哥會說出來的辯解？此話一出，別說是貝麗兒，就連修伯列也對我搖了搖頭。恩利爾則哼了一聲，快步向前走。

我只好拒絕眾少女丟來的鮮花和手帕，趕緊追上他的步伐，遠離這是非之地。說起來他每次聽到關於哥哥的話題都非常沉默低調，不過被說成那樣為什麼不生氣啊！公主我可是真的很生氣。

當恩利爾走到了一條無人小死巷後，我終於追上了他。他停下腳步轉身，我趕緊湊上去解釋：

「別生氣嘛！我不是故意這麼高調的，只是真的很不喜歡別人說你壞話。」

「我並沒有為了妳維護我的這件事情生氣。」

「真的？那以後關於哥哥的事情，你也要想開點。」

我一個箭步衝上去抓住了恩利爾的雙手，認真對他說：

「恩利爾，你是獨一無二的，不需要和任何人比，至少我可以保證你的廚藝一定勝過任何魔王。統治世界不一定要比魔力，也可以用廚藝啊！你看，就算是很難搞的石林巨人也對你的廚藝讚不絕口。」

「妮蒂，我真的是拿妳沒辦法。」

他沒有甩開我的手，只是平靜地望著我，隨後輕輕嘆了口氣：

「我們回去處理綿綿駝吧，再拖下去集市都要關了。」

他牽起我的手往回走。想起那些嘶嚕噗嚕的綿綿駝，我忍不住和他商量：

「能不能別賣掉綿綿駝，把牠們收到你的水晶球裡，等到了卡斯凱楚斯再放出來啊？牠們在城堡中奔跑的樣子應該挺可愛的。」

「現在收進卡斯凱楚斯之囚只怕貝麗兒和修伯列起疑，等我們奪回城堡再想辦法處理吧。」

「太棒了！恩利爾對我最好了！」

「和艾蜜莉雅比起來呢？」

聽到艾蜜莉雅時，我忍不住抖了一下。

「艾蜜莉雅對我太好了，我有點承受不住。恩利爾，我一直在想艾蜜莉雅是不是哪國落難的公主，你看她的氣質這麼好，服侍這麼……呃……粗魯的我，心中一定很憋屈，所以才會對我如此呵護備至。」

「妳可以親口告訴艾蜜莉雅這句話。」

「嗚，饒了我吧！」

眼前岩壁高聳深入雲端，山壁上只有少許突出的岩石。幾隻羚羊站在那些孤高的石頭上吃草，輕盈無比地跳上跳下，抑或跳入雲層之中，讓我敬佩不已。

「我覺得我們需要幾隻羚羊，或是沃爾。」

我抬頭看向陡峭無比的山壁，小聲地對恩利爾說。

根據路線與地圖顯示，我們得登上這道高不見頂的山壁，才能抵達魔王領地上最大的城市多羅佩里，再進入魔城卡斯凱楚斯。問題是我們又不是羚羊，也沒有長翅膀，究竟要怎麼登上山壁呢？

通常恩利爾都是乘坐沃爾進出的，現在他卻否決了這個提議：

「先別提身分被隊友識破的問題，沃爾飛起來也太招搖了吧，一下就會被發現。」

「你之前和我討論路線時明明很輕鬆地說，這段路就算沃爾不能飛，爬上去也不是問題。」

我喃喃抱怨：

「我還以為是半天就能爬完的山壁，結果現在根本看不到頂端嘛！我們該如何爬個三天三夜，還在上面吃飯唱歌看風景？」

「我練了一項新魔法『沖天之焰』，有著加速飛天的效果，可以找艘船或是一片木板，利用它的餘波把大家一起送上去！」

貝麗兒興高采烈地這麼說，但聽起來比爬個三天三夜的岩壁還要危險。不過看著她這麼高興地提出意見，就算危險我也會含淚答應的。

好在恩利爾這時候及時出聲：

「我還有另外一個方法！」

他拿出了一個小布袋，從袋子裡倒出了幾顆豆子。

「這是傳說中的魔豆，只要有水就能長大，足以讓我們爬上去，還有地方可以休息。」

說完，他露出了天真無邪的笑容，將豆子遞到我的掌心：

「杰克，你覺得哪種方法比較好？」

我無言地接過魔豆，覺得自己好像看過一個故事，叫做《傑克與豌豆》，裡頭的傑克就是拿到了這個豆子，然後開始一連串人生的大冒險……當時杰克這個化名是恩利爾幫我取的，如果是為了這顆魔豆布下這個局，也實在布得太久了。

貝麗兒滿臉期待地看著我，似乎很希望我認同她爆炸性的做法。我看了看她、看了看手中的豆子、看了看恩利爾，最後決定把這個選擇權交給修伯列。

「吾以為，可先試試魔豆是否成長真如預期，若魔豆的方法不成，便可再試試火焰餘波，畢竟火焰速度雖快，風險卻較大。」

「嗯，修伯列說的很有道哩，旅途平安最重要，貪快的風險比較大。」

「咦，是這樣嗎？我真的很想試試這個新魔法呢……」

「貝麗兒別擔心，魔法總是會有機會試的。總之我們先種下魔豆再說。」

「那就拜託你了，杰克。我們就先退遠一點，讓杰克好好種下魔豆。」

恩利爾露出奸計得逞的表情，將魔豆交給我，然後立刻帶著大家往後退去。

「叫我種魔豆就算了，為什麼你們要躲得這麼遠啊？」

我無奈地拿著豆子，對著十公尺之外的他們說。

「快把豆子種下去，要記得澆水喔！」

恩利爾喊道，完全不理會我的疑問。我百般無奈地挖了個小洞，將豆子一顆一顆安置好，再鋪上泥土，拿著水袋往土上澆了點水。

「轟隆！」

不知道為什麼，本來還算晴朗的天空突然烏雲密布，雷聲大作，讓現場頓時變得很有氣氛，彷彿豆苗隨時都會很精采地爆竄出來。

為了避免被豆苗暗算，我謹慎地退了幾步，看了看種下豆子的地方——很好，目前毫無反應。看樣子這些豆子比較矜持，可能要過一陣子才會爆發出來。

我滿臉無奈，轉身往恩利爾等人走去，正要說些什麼，卻聽到背後出現了細微的歌聲：

「我們是快樂的豆子小人兒，快樂地往上爬♪往上爬，爬到雲朵裡面去……」

轉身一看，就看到七個穿綠衣戴綠帽，身形和外貌都很像豆子的小矮人，拿著各式各樣的工具還有多種顏色的油漆，開始在地面上砌磚頭。

「啦啦，搭上一塊磚，再搭一塊磚♪快向上，快向上♪給我們一些水，來蓋一座通天梯♪」

他們以迅雷不及掩耳的速度砌磚，很快地就用磚頭砌出一道綠色的梯子，上面還有漩渦狀的花紋，展現這些小矮人精湛的工藝技巧。

不過總讓人覺得哪裡怪怪的……

正當我滿臉黑線地看著小矮人時，他們突然止住了歌聲，看了看我，接著就以不可思議的速度跳下梯子，瘋狂地在土裡挖了個洞，把自己整個埋進去了。

「轟隆隆！」

一道閃電打到我腳前，接著雷聲大作。我無奈地再度轉身看向恩利爾，他則對我招手道：

「快過來，他們是很害羞的，距離太近就會罷工。」

「這樣的豆子真的沒問題嗎？」我忍不住大聲問道。

「沒問題的，你看種下去不就長起來了嗎？」

「但我覺得與一般常識差距太大……」

大雨嘩啦嘩啦地下了起來，我們躲在十公尺之外，看著魔豆小矮人蓋梯子。他們的手腳很快，動作如煙一般，在雨中咻咻咻的，讓人完全看不清。沒過多久，那道梯子就以讓人望塵莫及的速度長進了層層雲霧之中。

不過因為大雨的緣故，我們並沒有立刻爬上這充滿豆苗香氣的梯子，直到隔天雨停才開始攀登。經過一夜雨淋，磚頭做的梯子縫隙中竟然開出了豌豆花，附近還有鳥兒飛來飛去，鳥語花香的，簡直就像是公主我唱歌的那個陽台。

更神奇的是，矮人們每隔一段距離，還會砌出一座平台讓我們停留休息，設計周到得不可思議。

真不知道恩利爾是從哪裡拿來這些神奇魔豆，我都想和他要幾顆了，只要魔豆矮人砌個陽台出來，公主我在哪兒都可以粉墨登場。

可惜矮人們的梯子雖然造得好，環境越往上卻變得越險峻，本來在隙縫間開出的碗豆花雖然沒有變成食人花，但色彩繽紛又可愛的小鳥卻變成了有著鹿的頭和腿、鳥身與翅膀的巨大怪鳥，發出難聽的叫聲，瘋狂地向我們衝來，試圖把我們抓回巢穴去餵幼鳥。

在抵擋無數次怪鳥之後，我們這個強而有力的團隊終於研發出一套完美對付怪鳥的計策！

「嘎呱！嘎呱呱！」

「女神在上，請用您的光明守護我們！」

「焦灼炎烈！」

「鹽巴，翻面大火。」

——啪啪啪！

「焦灼炎烈加強版！」

「胡椒，翻面。」

——啪啪啪！

「香料撒好了，嘗嘗味道。」

「味道很棒，沒問題。」

當牠們衝過來時，修伯列會使用聖光守護，讓那些怪鳥無法靠我們太近。同時，貝麗兒會使用火球術烘烤那些怪鳥，恩利爾則會適時地將胡椒、鹽巴、羅勒等調味料往怪鳥身上撒，邊擾亂牠們的動作邊調味。

我則負責用天選之翼和聖．平底鍋將牠們翻面，等到怪鳥們發出烤雞的香氣、恩利爾判斷料理完成，我就會接住牠們試一下味道，沒問題的話就收起來，作為下一餐的食糧。

如此一來，不但滿足了我之前在漠原上想吃烤雞的願望，還可以吃到烤鹿腿，實在是一舉兩得！不過燒烤類的東西吃太多，總覺得火氣有點大，一路上我不忘採集一些豌豆、豌豆苗以及豌豆花，好讓大家均衡一下飲食。

結果這道攀登之路變成了野餐之路，餐餐吃得豐盛無比。我感覺自己的腰圍又寬闊不少，要是被艾蜜莉雅發現，免不了又是一頓教誨。

說起來以前我天天和她在一起，現在走上了這條勇者之路，好些日子都沒見到她，最近不斷想起，竟然有種懷念的感覺。

這晚我們坐在平台小憩。恩利爾一邊幫我們分著烤雞，一邊說道：

「依據這個高度，我們已經進入多羅佩里的領域，大概再過幾個平台就可以接上邊界的城牆，正式進入多羅佩里。

多羅佩里的邊界守衛都是豬頭人，拿些烤雞就可以把他們矇住，偷偷溜過邊界。不過裡頭的一些將領倒是很麻煩，儘量不要和他們正面起衝突比較好。」

「嗯？恩莉好像很熟悉這裡的情況？」貝麗兒問。

「我以前認識的人曾在魔王手下當過廚師，知道不少多羅佩里與卡斯凱楚斯的祕密。」

恩利爾扯起謊來臉不紅氣不喘，我也在旁邊認真點頭道：

「所以我才會和他一起上路。」

「喔……之前我就一直在想，為什麼勇者團的後援不是牧師而是廚師，原來有這一層理由啊！」

貝麗兒恍然大悟：

「不過恩莉的廚藝真的很好，娶到妳的人一定很有福氣。」

恩利爾含羞帶怯地看了修伯列一眼，很不好意思地掩面說：

「沒有啦！」

「吾願有此榮幸……」

「齁齁齁，你們這些傢伙不知死活，竟然還在這邊聊天吃飯？」

修伯列的求婚告白還沒說完，一張豬頭就自黑暗中出現。仔細一看，牠竟然是懸掛在繩子上垂降下來的！我當機立斷，馬上抓起烤怪鳥往那隻豬頭砸去。

——砰！

「齁啊啊啊！你給我記住！」

豬頭連同繩子墜下懸崖，留下迴響不停的慘叫聲。我滿意地看著牠消失的身影，正打算請修伯列繼續剛剛的那番話，卻看到恩利爾臉色鐵青地看著我。

「怎麼了？不是說豬頭人用烤雞就可以矇住了嗎？」

「慘叫聲太大了，牠們不可能單獨派個守衛自己垂降下來，絕對有其他同伴。快爬上梯子！」

「噹噹噹！」

在恩利爾臉色大變的同時，急促的警鐘從上頭響起，接著山壁開始震動，乒乒乒乓地掉下了不少石塊，看來上面應該有很多人正往這裡跑來。

此時我們都知道行蹤已經被發現了，趕緊加快腳步往上爬，然而沒過多久，上方深入雲層的梯子開始掉下一塊塊的磚頭。

「梯子被牠們拆了！」

「小矮人，你們要振作啊！」

「往這裡！」

修伯列喊道。這裡的岩壁並不是完全垂直的，有一些傾斜的部分，頗為接近我們所攀爬的階梯，還剛好有個山洞可以讓我們躲藏。他一邊喊著，一邊已經身手矯健地跳上了岩壁，並伸出手想要拉住我們。

恩利爾順利地跳了過去，貝麗兒卻遲疑了。

「我不敢跳。」

她哭喪著臉，望著無數磚頭滾落黑不見底的深淵。此時上面的騷動聲越來越大，只怕梯子等一下就會垮了，我毫不猶豫地單手抱住她，用力踏階跳了過去。

「轟！」

兩個人的重量使我無法跳得太遠，幾乎就要撞上岩壁摔下去。好在公主我徒手在岩壁上抓出了一個凹洞，穩住了身形。

「伸出手來。」

修伯列在上面叫道。我把貝麗兒努力往上托，直到見她安然抵達，才七手八腳地在岩壁完全被自己破壞之前努力向上爬。

——登！

就在我幾乎要成功到達時，一聲琴音伴隨一道風如利刃般朝我的腰身劃過來。我避無可避，修伯列立刻拔劍揮出，用劍風替我擋下這一波攻擊。

「喔呵呵，真是個美男子呢！能擋得下我這一招嗎？」

等等，我是不是耳朵有問題？美男子和擋得下那一招有什麼關係？我還在思索著這句話，我們萬能的管家美男子已經與對方鏗鏗鏘鏘地打了起來。

我趁著這個空檔爬了上去。安然抵達山洞後，我終於能看清楚對方的模樣，那是位長相十分妖豔的女子，拿著一把小豎琴，乘坐在鹿頭鳥身——也就是我們最近常常吃的怪鳥上。

在這風勢很大、雲霧繚繞、冷颼颼的環境中，她的衣服穿得十分稀少，少到公主我都想要解下披風給她穿了。

她的上半身只有胸前罩著鑲著寶石且金光閃閃的胸罩，下半身的薄紗長裙直接開岔到腰際，白皙修長的大腿若隱若現，還踏著足足有十五公分以上的細跟黑色高跟鞋。

那種高度就算是訓練有素的公主我穿著跳舞，也是會跌倒的啊！

她手中的豎琴似乎是一項不得了的武器，白皙的手輕輕在琴弦上撥弄幾下，就會捲起狂風向我們襲來，每一道琴風都銳利無比，能輕易在崖壁上鑿出極深的痕跡。

她似乎看上了修伯列，一邊發動攻擊，一邊對他狂拋媚眼，還時不時伸出舌頭舔舔嘴唇，好像想把他生吞活剝，感覺上像是隻攻擊力十足的猛禽。

「齁齁，你們逃不了了！克德娜大人是無敵的！」

「這次抓到了入侵者，不知道能不能請克德娜大人用腳踩踩我齁！」

「啊齁，好想要被大人的那雙美腿踩爛成絞肉啊！」

在她攻擊的同時，無數的豬頭人從上方垂降而下，不但一直齁齁放話，還拿著耙子朝我們戳來戳去。貝麗兒雖然用火焰烤了不少豬，卻有更多的豬頭蜂擁而上，也就是說殺了一個豬頭，還有千千萬萬個豬頭。

我拿起聖．平底鍋，決定獻給這些豬頭一首集中超渡之歌，讓牠們一個個痛哭流涕滾到山腳下，孰料聖．平底鍋卻在我腦中大喊：

「是豬、是豬！親愛的主人，快把牠們抓起來吃，我是一個只看過豬走路卻沒吃過豬肉的平底鍋，沒料理過牠們，我就沒辦法編出打動牠們內心的歌，誰叫我是這麼需要現實經驗的歌手啊！」

所以這傢伙到底是個平底鍋還是個平底鍋歌手？可惜我現在沒空探究這種無關緊要的問題。既然沒辦法使用感人落淚的必殺技，我便只能抄起平底鍋往豬頭身上猛拍，把那些豬頭通通拍成豬肉餅，或是揮舞著天選之翼嚇退牠們。

我們被克德娜以及無數豬頭逼得只能一直後退到山洞中，裡頭漆黑一片，也不知道究竟有多深。看現在的狀況，若是我們撞壁，恐怕只能束手就擒了。

我趁亂對著恩利爾低聲問道：

「這個克德娜之前是不是你的屬下啊？如果是的話，她的弱點是什麼？」

「弱點是喜好男色。」

「呃……我是說可以攻擊的弱點。」

「我沒有攻擊過，所以不太清楚。」

恩利爾坦率地說：

「只是如果能打昏她，我就能用卡斯凱楚斯之囚收服她。」

「拿出你的湯鍋打她可以嗎？」

「她比林德聰明，應該會用那把魔琴把湯鍋劈成兩半。」

「…………」

看樣子我們遇上了一個很難應付的大角色！要是早知道會遇到這種程度的敵

手，我就應該在漠原待久一點打怪練等。

在場唯一沒有戰鬥力的恩利爾趁著空檔提著裙子衝入山洞，隨即又奔出來對我們喊道。

「山洞裡有路，快進來裡面！」

我和貝麗兒聽到之後，一邊打著豬頭向後退去，一邊試圖大聲呼喚，要已經離我們有一段距離的修伯列盡快離開與克德娜的纏鬥，與我們會合。

本來戰無不勝、攻無不克的修伯列，在這種情況下面對克德娜實在很難占得上風，畢竟坐在怪鳥上的她機動性相當高。眼下要是能躲到山洞中，至少可以讓她失去一道優勢！

誰知道克德娜看到修伯列打算退往山洞，突然尖笑出聲：

「在你沒有趴在我裙子下叫我女王大人前，我是不會讓你離開的。」

她一邊說著，一邊將雙手放在魔琴上，以不可思議的速度開始彈奏，詭異的音波襲捲而至，霎時天搖地動、狂風大作，洞頂的石塊紛紛掉落，在我們與修伯列之間造成巨大的阻礙。

「抓住他！」

克德娜對那些豬頭嬌叱道：

「誰能抓住他，我就允許那人可以親吻我的腳趾頭！」

「太棒了齁！」

「能親吻克德娜大人的腳趾頭真是太榮幸齁！」

「克德娜大人的腳趾是我的齁！」

「齁齁，是我的！」

收到了克德娜的命令後，那群豬頭們完全放棄追擊我們，前仆後繼地往修伯列衝去。

我深怕他人頭不保，打算踢開那些石頭衝上去支援他，他卻大喊道：

「汝等先走，莫管吾！」

——轟……砰！

貝麗兒加強火力，直接轟開了那些碎石，大聲叫著：

「修伯列快過來，我們一起走！」

「呵呵，你們以為我會輕易放過這樣的美男嗎？」

克德娜又是一陣猛攻，本來突出的岩壁已經搖搖欲墜，豬頭們卻奮不顧身地在上面繼續攻擊著修伯列。

不是我說，這些豬頭真是該死的沒志氣兼忠心耿耿！為了舔一個女人的腳趾頭，居然什麼都不顧了，多希望牠們有節操一點啊！

我抄起天選之翼往克德娜丟去，她卻不痛不癢，依舊專注於留住修伯列，此時我深深驚覺——美麗原來是一種錯誤！

要不是修伯列這麼帥，克德娜怎麼會不達目的誓不罷休？

「快走！」

修伯列喊道：

「吾無大礙！杰克，恩莉小姐就託付給汝了！」

他高舉著劍，開始了一連串的詠唱，只見劍身開始大放光明，照得克德娜和豬頭大軍們亮白一片，連外型邊緣都看不到，而他也當然消失其間，無影無蹤。

被白光逼退的我們不得放下修伯列，轉身往山洞內逃去。

在貝麗兒點起的火焰下，山洞裡的無數岔路在黑暗中若隱若現，看起來非常陰森。

「如果迷路了怎麼辦？」她望著漆黑不見方向的山洞，有些忐忑地問道。

聞言，我不由自主地看向恩利爾，熱切地望著他，希望他能提出一個妙方。

「這邊有風，應該有出口。」他指著其中一個方向說道。

「那我們往這邊走。」

山洞底下凹凸不平。為了不讓貝麗兒一直消耗魔法，我們克難地做了一個火把點了起來，火把的火勢不大，無法照亮太多地方，作為領隊的我只能慢慢探路，也因此一步步走得非常小心。

一路上大家都沒說什麼話，氣氛有些凝重，畢竟修伯列生死未卜……不，我想他一定會安然無恙的，了不起首身分家，頭放上去又是一個美男子，再叫恩利爾給他一個吻，應該就會醒過來了。

一想到有這種可能性，我頓時覺得安心不少，拿著火把繼續向前。也不知道走了多久，眼前終於透出了一絲光芒，我們立刻加緊腳步靠過去。

那透光的只是一個拳頭大的小洞，一般人根本無法過去，好在我有一身力氣，貝麗兒則有一身魔法，要把這個小洞打成大洞，對我們來說並不困難。

只不過現在我和她都不敢妄動。剛才就是因為我的動作太大，才會引來一堆豬頭和很麻煩的克德娜，現在我決定無論要做出什麼暴力行為，都得先看看恩利爾的臉色。

恩利爾把眼睛湊到小洞上看了看外面的情況，接著對我們點點頭：

「要小聲一點地……把這個洞開到我們可以出去的地步。」

我立刻挽起袖子走上前去，伸出手一點一點地將岩壁的石頭剝下來。不可否認的，要弄得安靜快速，又得避免讓洞口崩塌，實在是一項技術活兒。

運氣比較好的地方是，我們三人裡沒有一個胖子，所以這個洞不用挖得太大，扭一扭腰肢、擠一擠就能出去了。

我讓恩利爾和貝麗兒先出去。當我終於也跳到地面上抖抖身子時，才發現我們抵達了一座花園，剛剛是拆了一部分花園造景的石頭出來的。好在沒有人在花園裡散步，不然一定會被我們嚇得驚聲尖叫。

恩利爾環顧四處之後，指著一個方向說：

「那裡就是卡斯凱楚斯的大門。我知道附近有密道，可以利用它越過守衛，然後……」

他忽然打住了話，口氣變得有點遲疑。

「然後把第一公主救出來嗎？」貝麗兒接口道。

「嗯。」

他本來凝重的神色再度恢復正常。貝麗兒卻變了臉色，對著恩利爾說：

「我有些事情想私下和杰克聊聊，可以嗎？」

恩利爾點了點頭。貝麗兒立刻把我拉到一旁，小聲說道：

「姊姊，妳為什麼會在這裡？」

她突如其來的話語讓我吃了一驚，隨即佯裝鎮定道：

「什麼？」

「姊姊，妳不認我這個妹妹了嗎？」

這句話害我完全不知道該怎麼回答才好。她繼續說：

「我本來只覺得杰克和姊姊的感覺很像，而且姊姊明明是去魔王城堡，怎麼可能出現在漠原？跟著你們只是出於好奇。但經過這些日子，我非常確定杰克就是姊姊！」

「……是因為我力氣大又能吃嗎？」

貝麗兒突然羞紅了臉：

「不只是那些，還有其他原因。」

「其他原因是？」

「總之、總之姊姊妳為什麼會變成勇者？恩莉是誰？知道妳的身分嗎？城堡裡面究竟是什麼狀況？」

——啪！

——砰！

我還來不及苦惱她的問題，恩利爾就拿出卡斯凱楚斯之囚把她砸昏了。好在我及時衝上去接住癱軟下來的她，不然我們家可愛的貝麗兒就要摔得滿頭包了。

「恩利爾，你在幹嘛？」

「魔王穿女裝的樣子絕對不可以讓她知道。」他斬釘截鐵地說。

「那也不至於需要把她敲昏吧！」

「開玩笑的。卡斯凱楚斯的狀況很奇怪，為了避免等一下發生什麼危險，讓她留下來比較好。」

恩利爾的表情變得很正經：

「妮蒂，妳留下來照顧貝麗兒，我自己一個人進去。」

「為什麼？」

「如果再遇上了一個克德娜等級的對手，妳有辦法應付嗎？」

我看了看身上的平底鍋還有斧頭，深深覺得自己確實實力微薄，面對真正強大的魔法，這一身蠻力的用處似乎不是很大。

「可是你一個人……」

「妮蒂。」

他打斷了我的話：

「這是我的城堡，妳若是跟來會造成我的負擔。」

他的口氣很認真，那雙漂亮的金眸裡帶著前所未有的肅穆，讓我一時不知道該吐槽他還是該對他發脾氣。

他也不管我究竟打不打算回應，輕輕地說：

「我很感謝妳這一路護送我過來，不過接下來的事情是我個人的事，妳留下來照顧貝麗兒，一旦我拿回卡斯凱楚斯之杖就會回來找你們的。」

語畢，他召喚出沃爾。只見牠展翅飛起，恩利爾則連「再見」都沒說就轉頭離開，我一時啞口無言，只能看著他那滾著蕾絲邊的黑裙與沃爾的翅膀，在風中飄搖擺動……

我把貝麗兒抱回山洞裡藏好，圈著自己的雙膝坐在角落，怎麼想都不對勁。

明明昨天的這個時候，我們四個人還在可愛小矮人搭建的梯子上吃著烤雞，討論要怎樣穿過層層守衛，今天為什麼各奔東西，我還得躲在黑暗的角落畫圈圈呢？

而且恩利爾剛才的態度實在驟變得太奇怪了！印象中，之前他對於利用密道奪回卡斯凱楚斯之杖的計畫算是很有信心，也對我說要是有我的蠻力幫忙，他可以輕鬆不少，為什麼卻突然甩下我，讓我有種他是負心漢的感覺？

我盤算著自己是不是應該了解一下狀況，於是再度探頭探腦地回到花園。直到此時遲鈍的我才發現外面非常安靜，靜得只有風聲。

「一座毫無人聲的城市未免也太奇怪了！莫非這是魔城的特色……白天都沒有人，晚上就會有很多喪屍從地底下爬出來？恩利爾居住的品味未免也太糟糕了。」

眼前的情況詭異得讓我忍不住自言自語：

「恩利爾一個人去絕對不行，他身上還穿著黑色蕾絲洋裝呢！雖然他說過之前他都是套著雄壯威武的黑色鎧甲登場的，不過應該還是有不少手下知道他的真面目，若是他穿著那身衣服出現，就算拿回卡斯凱楚斯之杖也威嚴無存，下一次一定又會有人反叛他！

沒錯，為了別讓恩利爾形象盡毀，我一定要趕快進入卡斯凱楚斯才行！」

我自認為找到了一個合理的藉口，馬上就振作了起來，安置好貝麗兒，緊握外觀比較有威嚇力的天選之翼向花園外走去。

花園外頭是個街區，兩層樓的房舍由灰石所砌成，在灰濛濛的天色下除了看起來有些陰森外，和人類的城市建築並無二樣。

起先我非常謹慎地到處尋找掩護，一會兒跑到東邊的雕像旁東張西望，一會兒跑到西邊的牆角探頭探腦，要是看在旁人眼中，形跡絕對非常可疑。

不過這樣曲曲折折的躲藏並沒有維持多久，我很快就放棄了這種愚蠢的行為，因為城裡真的一個人都沒有，那一扇扇虛掩的窗與門後並沒有任何人影。

我極力壓制住跑到別人家裡翻箱倒櫃的衝動，理智地環顧四周，決定大刺刺地走在路中，不再鬼鬼祟祟地躲來躲去，以免還沒碰到人就先把自己嚇死。

依循著之前恩利爾離開的方向，我一路由街區走到了一座寬闊的廣場，這裡銜接著一條極為寬闊的道路，兩旁則是雕紋繁複的列柱，列柱尾端能看到無邊無際的高牆，以及一扇巨大無比的門，門後則高高聳立著一座黑色花崗岩城堡。

這座城堡應該就是恩利爾的魔城——卡斯凱楚斯。

看來他的城堡還真的滿有一回事的，要是天上多了幾隻火龍在上頭吐火盤旋，城堡尖塔頂端再來點閃電打雷，我可能就真的會相信他是個邪惡大魔王了。

一路上連隻豬頭守衛都沒有，讓人感到相當詭異，而且不知道是不是我的幻覺，總覺得空氣中隱約有血腥味傳來。

穿越廣場，邁步走向通往卡斯凱楚斯的道路，我終於看到了一個人。說是人也不太對勁，那傢伙雖然有著類似人的形狀，卻有長長的嘴、尖尖的牙齒和爪子，應該是個怪物，不過牠只剩下左半部橫躺在地上，眼珠暴突，屍體四周布滿血跡，狀況十分嚇人。

看到死狀這麼悽慘的屍體，我的心情頓時有些複雜，卻說不上是害怕還是疑惑。此刻我突然在想自己是不是應該回到山洞，等待恩利爾回來才對。

一陣狂風掃來，血腥味更濃郁了。我看向卡斯凱楚斯，下定決心還是得找到恩利爾才行，不然就算躲在山洞中，我也無法安下心來。

我持續前進，周遭的屍體越來越多，有些血跡還未乾涸，但我想這些人確實是死透了，畢竟連一點呻吟聲都聽不到，只有狂風呼呼吹過。

仔細回想起來，恩利爾只有說大臣畢皮業叛變，奪走了權杖並追殺他，卻從來沒提過卡斯凱楚斯的狀態。眼前的這些人似乎並沒有死去多久，莫非當恩利爾不在時，畢皮業也遭屬下叛變？卡斯凱楚斯的情況未免也太險峻了！

後來的路途上，我們之所以一直沒有遇到畢皮業追殺，也很有可能是因為他遭逢內憂外亂。這樣看來當壞人其實並不輕鬆，雖然彼此站在敵對的立場，我還是忍不住想為他掬一把同情淚。

除了得穿越很多屍體之外，這一路上算是暢行無阻。比較讓我不安的是，越接近卡斯凱楚斯，我才發現那些屍體的血跡其實隱約像是烏洛克的釘頭文字，恩利爾說過這是古魔法真言，比一般魔法文字更具力量，出現在血液中是什麼意思？

我抵達了那扇巨大無比的門前，大約有十層樓高的鐵門，全然隔開了卡斯凱楚斯與多羅佩里間的道路，沉重得彷彿永遠不可能被打開。

但那是對於其他人來說，公主我可是個大力士，就算只有一個人，還是有自信推開這扇門的。

我捲起袖子，站在門中央，將雙手分別放在左右兩扇門上，接著深吸一口氣，用力一推。

大門毫無反應。

什麼，世界上竟然有我打不開的大門？

我不願意接受這個事實，使盡吃奶的力氣再度嘗試。這回大門終於有了動靜，但它只是稍微發出了一點嘰喀聲，門縫依然緊緊密合，毫無開啟的跡象。

我試了又試，試到滿身大汗，終於決定取出武器來攻擊大門。我首先拿起天選之翼，看了看它，覺得它實在太小了，砍大門不夠力，便將它收回腰際，又拿起了聖．平底鍋。

「主人主人，這附近沒有敵人可以料理！您拿起我是因為想要和帥氣的我聊聊天嗎？或是太思念人家而忍不住想將我瞧清楚一點？唉唷人家會不好意思的啦！不過看在主人這麼喜歡人家的份上，人家會讓主人從裡到外全部看個透，呼呼呼！」

我必須承認在這個都是死屍的地方，身邊有個囉嗦的傢伙感覺其實不差，只是我還是不太想和一把鍋子說話，默默拿著聖．平底鍋輕輕敲了敲門縫，它立刻震驚大喊：

「主人，難不成我們現在的對手是這扇門嗎？我的攻擊力若是五萬，這扇門的血條至少是一百億以上，打完人家都要毀容了啊啊啊！您不能從旁邊那個小門過去嗎？」

我轉頭一看，果然在大門旁邊看到一扇小門，而且還是開著的！想到自己的眼力竟然贏不過一個平底鍋，我心中突然感到無比憂傷。

拿著聖．平底鍋，我穿越了小門，一路上它依然囉囉嗦嗦的，一下說好多屍體怎麼會這樣，一下說這些屍體會不會覬覦它的美貌而爬起來咬它，接著又為自己的美貌傷春悲秋了一番。

我則任由它自得其樂地囉哩囉嗦，打起十二萬分的精神向卡斯凱楚斯前進。

到達卡斯凱楚斯城堡前時，天已經全黑，堡內雖然燈火通明，堡外連同城市卻漆黑一片，加上外頭橫躺的無數屍體，幾乎就是個巨大的墳場。在這裡，那些以血劃出的烏洛克文字更密集了，即使我不會用魔法，也隱約能感覺這個施術者的力量與手段應該非常恐怖。

「主人呼哈哈，這附近好黑好可怕！我們究竟到哪兒了？發生了什麼事情，其他人呢？是不是人家帥得讓他們不敢直視所以躲起來了？討厭啦！」

……要是真有人躲在暗處偷看，未免也太嚇人了！不過比起旁邊有沒有人，我更關心恩利爾的處境，一點法術都不會的他，究竟要怎樣面對這麼恐怖的敵人？

我仰望著那燈火通明的城堡，正在思考自己應該要堂而皇之地推門而入，還是找個窗戶偷偷摸摸地觀察裡面情況比較好時，突然「砰」的一聲，一個非常巨大的物體撞開大門飛了出來，

我當機立斷地找了根柱子當掩護躲起來，接著再探出頭來偷偷看著那個飛出來的龐然大物。

牠奄奄一息，連哀號聲也沒有。在城堡大門透出來的微光下，我可以很清楚地看到牠是一條黑龍，而且還是龍爪有白鱗的白襪子黑龍。

「這不是沃爾嗎？沃爾你最近究竟走了什麼霉運，怎麼每次遇到你好像都是受重傷，上次好不容易在卡斯凱楚斯之囚恢復了，怎麼這次又變得如此慘烈？」

我湊到沃爾大大的龍頭前，小心翼翼地詢問牠。牠那烏黑的龍眼有些失焦地看了我一會兒，終於重新聚焦，自喉嚨中發出極細微的咕嚕聲，好像想要和我說什麼。我伸出手來摸摸牠的鼻梁：

「不用擔心，我會找到他，將他安然無恙地帶到你面前。」

牠瞇起眼睛，恍惚地任由我碰觸，接著緩緩閉上眼睛。

我發現牠雖然傷痕累累，但身體依然隨著呼吸固定起伏，心情頓時安定不少，隨後便拿著聖．平底鍋，堅定地邁步往城堡內邁進。

沃爾既然是從這裡面摔出來的，表示恩利爾應該就在這附近；相對的，敵人也應該在同樣的地方。我猜敵人的數量應該不多，因為城堡裡太安靜了，如果是數量多的軍隊，再怎麼安靜都會發出一點聲音。

既然如此，我就偷偷摸摸地溜到城堡裡去，應該還有機會能找到恩利爾把他救出來。

我捨棄很容易被發現的大門，找了一扇玻璃盡碎的窗戶爬了進去，繼續偷偷摸摸躲在柱子後方的事業。

城堡內的大殿燈火通明，在我極為緩慢的移動中，終於發現光可鑑人的黑岩地板末端有著一個巨大的寶座。我探頭一望，隱約看到一個身影坐在寶座之上，地板上則橫躺著一具嬌小的身軀，正是恩利爾。

恩利爾似乎受了傷，身上血跡斑斑，我背靠著柱子努力壓低呼吸聲，思索著該怎麼樣才能在不被對方發現的情況下救出恩利爾，空曠的大廳裡卻響起了一道低沉冷酷的男音：

「城堡被畢皮業這種廢物所奪，你不立刻反擊卻逃了這麼久才回來，真是令我失望。」

這個氣勢十足的聲音，正是坐在王座的那個人發出來的。不是我在說，這傢伙說起話來還真像個魔王，大廳都有回音呢！

「曾經是帝國天才，備受眾人期待的你失去了所有魔力，淪落到這只有一城之地的狹小城堡中，我以為你會備感屈辱地重新振作，但是……」

他冷哼一聲：

「看看你是什麼樣子？聽說你總是為了一個只會唱歌的愚蠢公主，不惜遠赴千里去為她下廚，實在太可笑了。」

什麼叫只會唱歌的愚蠢公主？公主我根本連唱歌都不會好嗎？但是打起人來保證讓你嚇一跳！還有什麼叫做可笑，恩利爾的廚藝已經到達了神級的程度好嗎？我有一種想衝出去用平底鍋把對方敲爛的衝動，不過為了大局著想，我還是忍了下來。

說起來，恩利爾原本是魔法天才的這件事我一無所知。而且他被說到這種地步居然不吭一聲，還真是沉得住氣，和我認識的他截然不同。

「我親愛的弟弟，你真的完全不打算解釋嗎……既然如此，那就讓我來猜猜你真實的目的為何。當年你想要以魔法控制對方，誰知卻遭到反噬，失去了所有力量。不過你的魔力並未消失，而是一直存在於對方的體內。」

恩利爾依然沒有回話，我的耳朵卻豎起來了，這聽起來似乎是個超大的八卦啊！

「你甚至無法切斷她與你之間的魔力連結，連成長的那一份魔力都被她完全吞噬，無奈之下只能接近她，用盡辦法博取她的信任，好在她最無防備之時奪回自己的力量。」

說到這裡，那個自稱是恩利爾哥哥的傢伙似乎笑了起來。一個說話很冷酷的人若是笑，就叫做冷笑，讓人渾身不對勁，更不對勁的是，那個「她」難道是指我嗎？我哪有什麼魔法能力啊，一定是我聽錯或這傢伙猜錯對象了。

「奇怪的是，都過了這麼多年，你還是沒有拿回屬於自己的那份能力。恩利爾，看樣子失去力量讓你變得軟弱，你是害怕會再次遭吞噬，死在對方手上？還是害怕奪回力量時出了狀況，失手殺死對方？

幼年時殘酷無情、無所畏懼、堪稱完美的你，竟然變成了現在這種模樣，你說我是不是該殺了那隻阻撓你的小蟲子，嗯？」

他的話還沒說完，聖．平底鍋就開始尖叫：

「主人快逃啊！」

我還來不及聽懂它的意思，身體便不由自主地滾了出去，與此同時只聽到「砰」的一聲，本來我藏匿的柱子已經被削成兩半，滑落到地板上碎成無數的石塊。

媽啊！要是沒有聖．平底鍋那一句，現在變成兩半的大概是我？不過看樣子我早就被發現了。

滾出去的我好巧不巧就這樣大剌剌地現身在恩利爾與他哥哥面前。逼不得已，我只好揮揮平底鍋，露出了友好的微笑，試圖讓氣氛和緩一點，免得馬上斃命。

本來倒在地上的恩利爾此時靠坐在王座前的柱子邊，看起來虛弱異常，對我友好的招呼毫無反應，只是冷冷地開口道：

「安努，許久不見，你竟然成為了一個愛碎碎念的大嬸，成天不是胡思亂想，就是歇斯底里地攻擊，甚至無聊到不遠千里地來我這裡拆房子。我建議你還是快點離開，不然很快就會成為愛嚼舌根的老頭了。」

嗚……恩利爾的毒舌技能真是令我望塵莫及！公主我只是愛吐槽，但他根本能讓人吐血吧？平常酸酸我就罷了，今天酸了他這個大魔王哥哥，還真的是用性命在吐槽啊！

聽了他的話，安努那張本來只有一號表情的俊美臉上突然露出了一抹陽光燦爛的笑容：

「還有力氣和我貧嘴？看樣子是我下手太輕了。」

幾乎在同一時間，雷電之光聚集於安努手上，燈火通明的大廳瞬間陷入黑暗，只有他手中的電光散發出駭人的亮度，映著他那張和修伯列有得拚的美貌容顏，陰冷異常。

我毫不猶豫地朝他丟出天選之翼，隨即朝恩利爾的方向衝過去，不過天選之翼還來不及打到那傢伙，就被一道雷電劈飛到柱子上，狠狠地摔了下來，無法再度回到我手中。與此同時，他的雷電球也聲勢驚人地向我們砸來。

我當機立斷，將聖·平底鍋用力一揮，還真的把那顆球像是打棒球似的擊飛出去。雷電球撞到柱子後隨即發出轟隆巨響，同時毀了五根柱子和一整排的牆壁。

「做得不錯，可惜我不喜歡被一把鍋子擋住攻擊。」

四周突然大亮，安努的臉突然出現在我面前。他以兩指扣住了聖·平底鍋，力道看似不大，鍋身卻開始變形。

「主人，救救我啊，救救……」

聖·平底鍋的尖叫聲在我腦中響起，一直以來都很囉唆的它，竟然連十個字都來不及說完就消音了……怎麼可能！連我都打不爛的聖·平底鍋，怎麼會輕易的被這傢伙擺平？

「聖·平底鍋！」

我不顧一切地大喊，希望能得到它的一點回應，卻一點聲息都聽不到！天啊！它這一路上囉嗦不停，我都沒有搭過半句腔，第一次與它對話竟然是在這種生離死別的場面上嗎？

「醒醒啊！聖．平底鍋！」

我努力喊道，它卻毫無反應。安努雙手如鉗，緊緊捏住了聖．平底鍋，對我露出了非常愉快的笑容。我看著聖．平底鍋在他手中像薄鐵般逐漸被扭成麻花，一股怒氣頓時自心中湧出！

我怎麼能忍受它被這個傢伙虐待？它可是在勇者之路上一直忠心耿耿陪伴我的聖．平底鍋啊！

我發了狂地用力揮動鍋柄，安努猝不及防地被我揮了出去，整個人飛撞在天花板上。飛出去的那一瞬間，他的臉色變得有夠難看，可惜我沒時間嘲笑他，只能趁著這個空檔一手緊握住變成麻花的聖．平底鍋，一手抱起恩利爾，往剛才崩塌的大洞逃去。

——轟！

只聽見一聲巨響，本來應該黏在天花板上休息的安努破牆追了出來，我連忙找地方躲起來，將恩利爾藏在身後，偷偷摸摸地觀察著他的動靜。

「妳自己一個人走吧，他不是妳可以應付的。」

恩利爾輕微又平靜的聲音從身後傳來，但我搖了搖頭，沒有作聲。

他沉默了一會兒，又繼續說道：

「妮蒂，妳為什麼每次都會擋在我面前保護我呢？」

這真是個令人苦惱的大問題。我偏頭想了想，又換了一個方向偏頭說：

「好像從第一次見到你，你向我求救之後，我就覺得保護你是我的責任了。」

聞言，他發出了我從來沒聽過的冷酷笑聲，將手搭在我肩上，輕輕地湊在我耳邊說：

「若對方從不比妳弱小，只是希望妳擋在前面犧牲，或是看妳笑話，妳不會覺得自己既可悲又可笑嗎？」

我愣了一下，才緩緩將自己的手搭上恩利爾的手，輕輕說：

「不會的，只要你想以我做盾，我隨時都願意為你挺身而出喔。」

「妮蒂。」

他的聲音聽不出任何情緒：

「妳真的是我遇過最愚蠢的人。」

說時遲那時快，我感覺到一隻手由背後穿透了我的胸口，還來不及感到痛，黑暗便撲天蓋地地向我襲來。

我在意識完全陷入黑暗前聽到的最後一句話，是恩利爾用他有些稚嫩的嗓音淡淡說：

「那就讓我看看，妳是否真能全心為我付出。」

Chapter 6

世界因公主
再度恢復和平

當恩利爾的手穿過蕁特妮蒂胸口之時，驚人的光射向四面八方。安努微微扯起嘴角，天上雷雲湧聚，一道雷電劃破黑夜，如刀劈向他們。

「轟隆！」

驚人的巨響如漣漪般擴散，所到之處巨石粉碎，煙塵四起。安努緩步走了過去，卻見到自己所發出的雷電猛然停住，隨後立刻轉向，那銀白色的光刃便雷霆萬鈞地朝他掃來。

他大笑著側身躲過了攻擊，看著煙塵中站立著一道修長的身影，那是一位黑髮金眼，白膚紅唇，外貌宛若女性的美麗少年。

月亮緩緩由黑雲中露出，照亮了卡斯凱楚斯以及美少年，在月光下可以清楚看到少年的衣裝有些破爛，卻無法掩蓋那優雅的氣質。他的神情平淡無比，彷彿即使赤身裸體，他依然是無人能敵的王者。

「我親愛的弟弟，你明明早就能取回自己的力量，為何不願意這麼做？」

「扮成弱者，可以比強者更能看清人心真實面，這樣不是很有趣嗎？」

恩利爾淡淡說道：

「畢皮業我自己可以解決，是你多事了。」

「是嗎？」

安努冷哼了一聲，突然出手如電地往倒在地上、毫無動靜的蕁特妮蒂抓去。

然而在碰到她的身體前，安努的手卻被狠狠抓住。恩利爾眼神冰冷地看著自己的哥哥道：

「我不喜歡別人碰我的東西。」

安努輕笑出聲：

「恩利爾，我很好奇她究竟是什麼，竟然連你的力量都能吞噬？眼下你既然已經得到她全部的信任，順利取回力量，為什麼不把她給殺了？你很清楚這樣的體質要是留下來，對你來說絕對是後患無窮。」

他停頓了一會兒後又繼續說道：

「你甚至連成長的魔力都被她所奪，十年的力量交融，讓你們之間的魔力流動無法完全分割，若她發現真相，要奪取你的性命根本就是輕而易舉。」

「安努，你千里迢迢而來，就是為了這種小事和我嘮叨？」

——轟砰！

在恩利爾說話的同時，一道極為繁複的法陣在安努腳下亮起，接著火焰沖天吞沒了他。

乍看之下，恩利爾突如其來的攻擊似乎成功了，卻見安努的身影突然閃現於他背後，手中不知何時出現了一把透明如冰的寶劍，銳利的劍尖正毫不遲疑地往蕚特妮蒂白皙的脖子劃去。

他立刻轉身用自己的身體擋住了劍，同時抱起她往後退去，安努卻持劍毫不猶豫地撲了上來。

「你才剛奪回力量，我認真起來你是打不過我的。」

安努的聲音突然帶著一絲壓抑的溫情：

「我唯一的弟弟，你失去力量這麼多年，被父王貶到這種地方，受盡眾人的鄙夷與輕視、備感屈辱的日子你忘記了嗎？為什麼還要維護她？」

恩利爾望著懷中的妮蒂，輕輕笑道：

「可能是因為她是我見過最蠢的一個公主，死掉太可惜了。」

他自幼就是魔王的愛子、帝國中的魔法神童，擁有獨一無二的強大魔力。一如大多數的魔子，他喜愛力量、喜愛欺騙、喜愛玩弄人心、喜愛讓人恐懼。

遇到妮蒂時是在狂風暴雪之中。他剛好被一群人追殺，那些人成不了氣候，不過他起了玩心，貓抓老鼠似的裝得很虛弱，假意逃跑。當他發現敵手離得太遠、在雪地中等待他們追上時，卻聽到一道稚嫩的嗓音問道：

『你怎麼了，是要凍死了嗎？』

他睜開眼睛，看到了她。第一眼見到妮蒂，他就知道她是冰霜之子，而且很罕見的是具有人心，卻沒有魔力的女孩。按理來說這種條件的冰霜之子在出生後就會遭到遺棄，不知道她究竟是怎麼活下來的。

冰霜之子比一般人更能耐寒。他突然很好奇這樣毫無魔力的女孩子，在冰天雪地中究竟會不會凍死，所以他回答他很冷，看著她的反應。

蕚特妮蒂一邊說「我才不要給你衣服」，一邊卻把她的披風給了他，並以公主抱的姿勢抱起他，踩過深雪，說要把他帶回塔裡。

在回去的路上他一直說自己冷，好把她的衣服騙過來。她一面抱怨，卻還是脫掉了外衣給他，最後僅剩一件薄薄的罩衫，邊打噴嚏邊發抖地繼續往前走。

當時他只覺得很有趣。從有記憶以來，從來沒有人會把他當成弱者，更沒有人這樣抱過他，何況還是個年齡和他差不多的女孩，明明自己凍到鼻涕都流出來了，卻還和他說等一下就到了、到塔裡面就不冷了。

他覺得她一定是全世界最蠢的人。

在他們到了塔下時，追殺他的另一批人出現了。她抓起雪球打昏了好幾個人，不過她畢竟只是一個毫無魔力、空有力氣的小女孩，很快就被打倒在地。

之後他輕易解決了那些人，卻發現她已毫無氣息。當時他想，這麼愚蠢的冰霜之子也算是罕見，若亡靈法術在她身上能夠成功，自己就可以多一個玩具了。

只是他沒想到她並沒有真正死亡，而且不是普通的冰霜之子，亡靈法術不但無效，他還因此遭到反噬，失去所有魔力。

更糟糕的是，或許是因為生死間的異變，他們被迫建立起力量流通的管道，他的魔力無法累積，這十年來甚至無法成長。為了養活自己，他必須常常到她身邊，拿食物餵飽她！甚至為了餵飽她而練就了一身廚藝，只差沒去考特級廚師！

在他生長的環境，沒有力量就等同於沒有地位，甚至沒有生存的理由。過去被無數人吹捧的他，一夕之間掉到谷底，連向來重視他的父親都不顧他生死。

只有他的同胞哥哥安努表面上嘲笑他，實際卻在維護他，並在奪得皇位後讓他待在卡斯凱楚斯，避免被他人所害。

而那個讓他淪落至此的傢伙——沒有腦袋的萼特妮蒂，每天依然過著暴飲暴食、無憂無慮的公主日子。剛開始他天天都想殺她，費盡心力想要奪回自己的力量，不過說也奇怪，和她在一起久了，便覺得那些事情似乎也不重要了。

每天把吃吃睡睡當成最重要的事情，喜歡看奇怪的書，生氣時就把鉛球丟出去，快樂時就把妹妹拋高高，閒來無事就吐吐槽，這些大概就是萼特妮蒂這個公主的生活重心，她不介意自己不美麗，也不遮掩自己貪吃，總是開開心心，沒什麼煩惱的樣子。

他一開始做的東西其實很難吃，而且還會故意亂加東西惡整她，但她總是一邊說著好吃一邊吃掉，順便淚流滿面地表示下次可以少加一點辣椒……

知道該如何拿回力量後，他卻遲遲不敢動手，他不知道自己在怕什麼，或許是怕她其實沒有那麼信任他，奪回力量時，一旦稍有差池便會再次被反噬；或是怕拿走那樣密不可分的力量後，她會長眠不醒；也可能是怕她知道他的真面目與想像的完全不同後，不願再與他有任何交集。

「你究竟有沒有身為皇族的自覺？對玩物抱持太多感情就會失去力量，唯有無情才能讓你無堅不摧，如今你軟弱至此，卻執迷不悟！」

無堅不摧嗎？世界上豈有無堅不摧之物？妮蒂在石林中與貝麗兒所相信的不滅之物又是什麼？想到這裡，恩利爾像是下定了決心，毅然抬頭直視安努說：

「安努，你說的沒錯，是她讓我變得軟弱，我放不下她。所以請你放過她，至少她是全心全意信賴我，我才得以順利取回力量。」

是的，蓴特妮蒂讓他變得軟弱且猶疑不定，儘管之前他不願意面對，這段旅程卻讓他看清一切。一開始畢皮業叛亂的時間點雖然在他意料之外，卻並非完全脫離他的掌握，他之所以看似狼狽地逃離卡斯凱楚斯，只是想讓所有不忠的部下慢慢浮現，待回來時一併料理。

當時他唯一惦記的只有妮蒂的安危，以及她的食欲，才會順手撈起鍋子，一路往奎德薩前進。本來想著只要通知艾蜜莉雅保護好妮蒂，讓一些勇者消耗畢皮業的氣力或許也不錯，卻沒想到妮蒂提出了與他同行的要求。

他無法判斷妮蒂究竟會成為自己的麻煩或是助力，基本上他的想法偏向前者，卻難以拒絕妮蒂想要「幫他」的好意。明明被視為弱者應該要感到屈辱才對，然而被她重視卻讓他感到愉快。

妮蒂是個蠢公主，但他又何嘗不愚蠢呢？貝麗兒寫給妮蒂的「情詩」讓他發怒，妮蒂說修伯列好帥也讓他不悅，更別提修伯列指導妮蒂時，看他們有說有笑，他真的有種想把鍋子直接丟過去的衝動。

種種行為都讓他像個妒婦。每當他認為自己的尊嚴盡失到極限了，她卻總能挑戰他的極限。他不知道自己得為了她退守到何處才行，只知道要是她仍在乎他，他就無法不接受她的一切。

「恩利爾，你真是無可救藥。」

安努勃然大怒，手上宛若冰鑄的透明之劍倏然閃動成一道劍光，鋪天蓋地地朝恩利爾及妮蒂撒下，招招都要置妮蒂於死地。

安努之前無論看似對恩利爾下了多少狠手，其實都只是想試探他的狀況罷了。面對安努真正的殺意，恩利爾知道自己如果不認真出手，絕對完全無法抵抗。

——鏘！

在安努的下一波攻擊逼近之際，恩利爾的右手緊緊一握，銀光閃現，不偏不倚地擋住了他正要刺穿妮蒂胸口的劍尖。

兩劍相擊之聲讓安努面色一僵，他收劍向後退了幾步，彷彿想確認自己是否錯看眼前所見之物。

恩利爾正拿著一把劍橫守在妮蒂身前，這把劍的劍身和安努的劍一般，透明宛若冰鑄，只是劍脊處散發著微微金光。此外，兩把劍的劍柄花紋十分類似，看起來就像是從鏡中取出的孿生之劍。

確認了這把劍的身分，安努有些不可置信地說：

「我拿出此劍，並非要與你刀刃相向，而是要殺了她好讓你認清現實。結果你現在拿出這把劍，是決心與我正式敵對了嗎？」

「不，安努，我只是希望能阻止你。」

安努怒極反笑，以凌厲的姿態用劍指著妮蒂道：

「阻止我？只有殺了她才能阻止我！你竟然為了這個連美貌都沒有的蠢公主，拿出這把劍對付我！」

「安努，我從未想與你為敵！」

「閉嘴！」

安努猛然前撲，以風狂雨急之姿持劍向恩利爾撲去，一時劍光無所不在。更驚人的是裡頭飄散著不祥的深黑之氣，仔細一看便能看出那是由密密麻麻的烏洛克文字所構鑄而成的無數咒語。

這就是安努的實力，數十位甚至百位魔法師齊發才能達到的魔法規模，他一人隻手便能完成，並在劍擊的瞬間同時施展而出。

身懷騎士的速度及力量，並擁有絕世魔法師的攻擊力，獨自可覆滅千軍，這才是魔族皇城之主——烏洛克魔王真正的實力。

恩利爾身上有傷、力量剛恢復，更別提他還得分神護住昏迷不醒的妮蒂，根本不可能應付暴怒中的安努。即使他知道，只要他放棄妮蒂，安努就會停手了，但是他不能退也不想退，只是這樣的舉動，讓安努更是怒不可抑。

恩利爾身上的血一滴滴地淌在妮蒂那慘白的肌膚之上，他已有些搖搖欲墜，卻依然一下又一下地堅持擋住安努的攻擊。好不容易出現了一個空檔，他才剛喘了口氣，猛烈的威壓伴卻隨著狂暴的魔法之氣陡然暴起。

發現自己中計，他勉力持劍想要擋住對方的攻勢，抬頭卻見安努露出冷笑。

電光火石之間，武器交擊出恐怖的光芒，排山倒海的震波向外掃去。此時安努臉色一變，發現恩利爾的劍與一把新月似的鐮刀，同時擋住了他的攻擊。

……不，恩利爾已經沒有力氣擋下自己的這一擊，真正擋下攻擊的是那把鐮刀！

「是誰？」

眼看無法擊殺妮蒂，安努收劍後退。即使方才那一擊為了避免讓恩利爾遭受無法復原的傷害，他並沒有用盡全力，但能與自己正面交鋒，此人絕非常人。在這應該已是死城的卡斯凱楚斯之中，有誰能無聲無息接近他們，為妮蒂擋下這一擊？

當風暴漸息後，一位身穿典雅黑白女僕裝、氣質高雅非凡的女子正優雅地手持長柄鐮刀，靜靜地站在恩利爾與妮蒂身邊。

狂風捲起她的裙襬與長髮，手上的那把鐮刀在激戰過後的廢墟中，閃爍著溫潤如月的光芒，鐮尖的鋒芒，卻閃動著死神對生命無情收割的銳利，看來美麗卻又怵目驚心。

她的姿態如此端莊，身上彷彿隱隱帶著幽光，讓人疑惑她究竟是守護性命的女神，抑或是奪取性命的死神？安努凝視了她好一會兒，語帶嘲諷地說：

「『收割夜之嘆息』？沒想到月之精靈的女祭司竟然成為服侍人類的女僕。」

艾蜜莉雅將月之精靈女祭司司掌的「收割夜之嘆息」反手後收，對他的嘲諷不以為意，微微欠了欠身道：

「蒡特妮蒂公主殿下為我月之精靈族守護之對象，懇請西之魔王高抬貴手。」

「月之精靈族守護一位冰霜之子？」

安努正要大笑，卻突然頓住，用詭異的眼神看向恩利爾：

「她是凜冬之主的碎片之一？」

在數百年前的聖戰中，領導冰霜巨人的凜冬之主在石林前被殺，在死前化為寒冰，碎成五塊進入冰霜巨人體內，並留下預言說他將再次回來，率領冰霜巨人將世界化為寒冰之域。

凜冬之主沉睡在冰霜巨人的血脈內，擁有碎片者魔力極高，也特別殘酷無情。這幾十年來，許多族群的預言家及占卜師同時都表示，除非能將所有碎片封印，否則凜冬之主即將回歸，掀起大戰。

凜冬之主是冰霜巨人血脈至高的存在，魔族皇室的血統其實與冰霜巨人一族的血脈密不可分，若她真的懷有冰霜之主的碎片，就能解釋為何能吞噬恩利爾的魔力。

恩利爾沒有回答，艾蜜莉雅卻沉靜地開口道：

「五片碎片中我們封印了兩片，另外兩片不知下落，剩下最特別的便是公主身上的碎片。擁有人心的她完全無法使用碎片的力量，卻也不受碎片冰冷的影響，碎片可說是自然地封印在她身體之中。在她有生之年，我們必須確保她安然無恙。」

「哼，妳何必告訴我這麼多？」

「共主願與西之魔王共謀防禦凜冬之主之事。」

精靈們與魔王的關係當然不好，不過所謂的朋友就是擁有共同的敵人，西之魔王安努擁有的地區與北方冰霜巨人的疆域十分接近，若是大患真的來襲，精靈們也不排斥與安努合作。

「哼，我等皇室與冰霜巨人的關係並不差，妳憑什麼認為我會與你們合作？」

一陣狂風捲起，下一秒安努就消失得無影無蹤。

恩利爾低頭看著懷中的妮蒂，伸手抹去滴上她眼瞼的血漬，輕聲說道：

「看樣子，他有考慮的意思。」

「但願如此，安努閣下想必也知道凜冬之主只能容忍臣服者。」

「嗯，安努不會向任何人下跪的。」

兩人沉默了一會兒，艾蜜莉雅才行了個完美的禮，向恩利爾說：

「不知魔王安排公主的寢室在何處？依目前城堡的情況來看，恐怕必須好好地打掃一番呢。」

恩利爾看著懷中彷彿正在沉睡，實際上呼吸卻十分薄弱的蔓特妮蒂。

「我的力量與她融合太久，已和她密不可分，若不恢復原狀將力量給她，她恐怕永遠無法醒來。」

「正是如此。」

「正是如此？」

恩利爾問：

「妳不希望她醒過來嗎？」

「當初我族和魔王所協議的內容，便是要求魔王守護公主不死，並且勿將約定透露給其他人。魔王一直以來都遵守協議，艾蜜莉雅並無其他要求。」

她沉默了一會兒，繼續說道：

「以我族的立場來說，公主只要不死，就能封印住碎片不回冰霜巨人之手，因此醒與不醒，就我族來說並無差別……不過若是侍奉一位長眠不醒的公主，身為她專屬的女僕長，當然會十分悲傷。」

「十分悲傷……嗎？」

恩利爾再度看向蕁特妮蒂，赫然發現她手中還緊緊攥著聖．平底鍋。他伸出手來想要拿走聖．平底鍋，卻無法把鍋子抽出來。

看著她緊抓聖．平底鍋的模樣，他忍不住蹙起了眉頭。

我作了很奇怪的夢。

首先是夢到恩利爾在煮維區湯。我流著口水拿著碗，看著維區湯中載沉載浮的眼珠，迫不及待想喝一碗，孰料他突然生氣地把鍋子掀了：

「吃吃吃，每天就只會吃！妳把我成當什麼？」

「嗯……就是恩利爾啊？可愛又會煮飯的恩利爾。」

他的頭上突然長出兩隻角，臉色發青地說：

「才不是，我是又帥又強大的魔王恩利爾！」

我看著翻倒一地的維區湯，非常憂傷地表示：

「又帥又強根本填不飽肚子……我比較喜歡你可愛賢慧的樣子。」

他氣沖沖地又踢了鍋子一腳，轉身走了，我怎麼也找不到他。

接著我好像進入了一間房間，看到一個打扮像公主的人躺在床上，湊近一看，發現那傢伙好像是我。沒有上妝的我看起來臉色一片慘白，白到都想拿個什麼東西在臉上塗鴉了。

更討厭的是，一般沉睡的公主都會很優雅地雙手合十，但我的手上竟然還拿著被扭成麻花的聖·平底鍋，看起來實在太滑稽了。

當我正為了自己很不睡美人的姿態苦惱時，一位超級美型、和修伯列站在一起絕對很登對的黑髮美少年走了進來，坐到我的床邊。

他的表情十分平靜，皮膚和我一樣白得沒血色，配上那石鑿似的五官，以及一動也不動的儀態，整個人和冰雕沒什麼兩樣。因為他長得和安努有些相似，我不禁湧起一種拿冰錐戳他的衝動。

他看了我很久之後，慢慢伸出手來摸了摸我的頭髮，好像和我很熟識似的，接著將臉靠近我的臉……呃，我是說躺在床上的我。

等等，他想要幹嘛？我可不是缺吻的睡美人！你這傢伙可不可以有節操一點，把嘴巴拿開，當心我咬你一口啊啊啊！

「啊啊啊！」

我在慘叫聲中睜開眼睛坐起來，發現艾蜜莉雅正拉開窗簾，以完美的姿態轉身，對我微微欠了欠身說道：

「即使是在魔王大人的城堡中，身為公主也不應該睡懶覺。」

「難得不在城堡裡，妳今天就饒了我吧。」

我躺下來想繼續睡，卻赫然發現手上拿著被扭成麻花的聖・平底鍋，嚇得又坐了起來。

「艾蜜莉雅，妳怎麼會在這裡？」

「若是我不來幫公主上妝，等到勇者衝到魔王大人的城堡，恐怕看不到美麗的蕁特妮蒂公主。」

「……妳為什麼能用這麼溫柔的語調，說出這種有夠現實的話呢？」

不過說的也是，要是艾蜜莉雅沒幫我化妝，勇者們到了之後看到素顏的我，恐怕會發現勇者計畫是一宗詐騙事件。

我手忙腳亂地從床上爬起來，想著恩利爾不知道怎麼樣了。我的記憶從看到安努之後就變得模模糊糊，在那之後沒多久好像就昏倒了……奇怪，向來健壯的公主我怎麼會昏倒了呢？

我想來想去，就是想不起來自己為什麼會昏倒。早餐時恩利爾幫我煮了維區湯，他一邊攪著大鍋一邊說：「妳大概是餓昏的吧。」

「什麼，我竟然不是因為某個壯烈的理由昏倒，而是餓昏的？那你和哥哥的關係是怎麼回事？雖然我記得不太清楚，但他好像想殺你？」

「有嗎？他只是剛好路過，畢皮業因為害怕他，對他出了手，結果安努就順手殺了他。」

恩利爾漫不經心地說。

「唔……可是我總覺得哪裡怪怪的？好像忘了什麼重要的事情。」

「妮蒂，我和安努的關係並不差，妳不用想東想西的。」

「真的嗎？既然如此，事情順利解決就好，麻煩的事情想起來頭就會痛。」

我搔了搔頭，喝了一大鍋維區湯，吃飽喝足不要想太多，人生最大的幸福莫過於此。突然間，一道熟悉的腳步聲傳來，隨後響起了我最熟悉的聲音：

「姊姊，妳終於醒了！人家擔心死了！妳為什麼要騙我……為什麼？人家討厭死姊姊了！」

貝麗兒哭著朝我身上撲來，我只好無奈地抱住她，一邊安撫她：

「當時姊姊我也沒想到貝麗兒會在納古漠原當強盜啊！」

「……那是因為……因為很好玩嘛……」

「母后知道嗎？」

「母后很忙，所以應該……」

「所以囉，姊姊我也想裝作不知道，不想讓妳擔心。這就算我們的祕密好嗎？」

「好的！人家要和姊姊打勾勾，這是我們之間的祕密，嘻嘻！」

成功平復貝麗兒的情緒之後，我想起了自已兩把可愛的武器——天選之翼雖然摔了一跤，不過似乎沒有大礙。恩利爾在我沉睡時幫我收了起來，並在我醒後交還讓我安心。我決定接下來幾天把它放在枕頭下，避免它覺得我偏心，只和聖．平底鍋睡卻對它不聞不問。

接著我找出了購買聖．平底鍋時的贈品圍兜兜，翻開上面的說明書，試圖挽救它扭曲的人生。

我不知道它還有沒有救，總之希望它沒死，好歹它也是個聖字輩的平底鍋，應該不會這麼容易陣亡吧？這一路上我和它患難與共，無論如何都想努力救它。

當平底鍋受到不可抵抗的外力時，為了保護核心不受損，它會如同含羞草一般封閉起來。若想讓它恢復原狀，主人必須用溫柔的言語告訴它外面已經沒有危險，且持續五天，它才會恢復原狀。

建議的說話內容為：

可愛的聖聖聖聖聖．鍋鍋，你真是完美無缺地帥，你的歌真是超級棒棒棒！全世界的人都在等著仰望你、讚美你、歌頌你！別再害羞、別再害怕，開啟你沉睡的心靈，快點醒來吧！

看到了這幾行字後，我立刻闔上說明書，質疑自己想拯救聖．平底鍋的決心。

我真的很不想對一把平底鍋說出這麼肉麻的話，而且那傢伙異常自戀又自大，要是我天天對它出說這種話，它總有一天一定會爬到我頭上。

不對，平底鍋應該不會爬到人的頭上去吧……

總之呢，一個月之後，聖．平底鍋恢復了正常。在這段期間裡，好幾組勇者也到達了卡斯凱楚斯，並在欣賞完公主我的憂愁之歌後就被恩利爾踢飛出去。

過了好幾個月之後，一直都沒有勇者打敗魔王，我才知道這次為了節約賞賜給勇者財寶的經費，魔王不用放水讓勇者擊倒。

如果真的出現了魔王也難以應付的勇者時，由伊萊領導的皇家騎士隊，也會扮成魔王的部下，衝上去把勇者們打昏。

等那些程度很優秀的勇者醒來之後，伊萊再以拯救者的姿態出現，鼓勵他們做得很好，並說服他們加入皇家騎士隊。

公主我呢，在為期一年的合約屆滿之後，便會在皇家騎士隊的迎接下，安然無恙回到奎德薩。

至於為何「邪惡的」魔王會主動讓我回國呢？當然不是因為我很愛吃快把他吃垮的緣故。

根據最新一期的勇者計畫更新內容來看，博學多聞的公主告訴魔王百年前聖戰的慘烈歷史，並以「凜冬之主」即將回歸的理由，正氣凜然地痛斥他不應只顧眼前小利，與人類世界作對，讓整個世界陷入險境。

魔王深受公主的智慧與勇氣所感動，決定放她回國，並改過遷善與人類王國合作。

「本來我只是個美麗善良兼會唱歌的公主，現在怎麼又多了一項智勇雙全的屬性？」

我一邊趴在床上，翻著上面蓋著「極機密」戳章的最新版勇者計畫，一邊對恩利爾說：

「真令人懷疑我是不是私下收買了勇者計畫的幕僚團。」

他和我趴在床上一起翻著勇者計畫，憤憤不平地表示：

「每次計畫都改來改去，我一定要加錢！」

「別這樣啦，你看我們經濟拮据到連要給勇者的賞賜都扣下來了！」

「哼！根本就是吃定我了。」

恩利爾哼了一聲滾下床，頓了頓後說：

「妳的綿綿駝我讓人送到城堡裡了。」

「哇！恩利爾你還記得啊，太棒了。」

我撲過去想要抱住他，他卻一臉嫌惡地將我踢開。在拉扯間，我突然想到了一件事。

「所以修伯列沒和你聯絡了嗎？」

聽說修伯列以一己之力的聖光凍結了眾豬頭與克德娜，雖然導致自己同樣不能動彈，但當恩利爾拿回卡斯凱楚斯杖後，就順利地解開了他的束縛。

恩利爾被他的一片真情感動，向他坦承自己其實是魔王。

根據以往光明神殿的狀況，雙方雖然不一定是勢不兩立，但關係絕對也不融洽。修伯列只好不得已地回到了光明神殿，想請女神開示，讓他脫離這痛苦不堪的愛戀……最後一句是我自己猜的。

「沒有。」

恩利爾語氣平淡地說完便轉頭打算離開，還丟下了一句：

「下一批勇者又要來了，妳還不快點準備？」

「讓我再躺一下嘛。」

我正想再偷懶一會兒，卻看見艾蜜莉雅手持著鐵製的馬甲，端莊高雅地走了進來。

「等等，那個鐵馬甲是怎麼回事。」

我驚恐地起身退了好幾步，看著她對我露出了無比甜蜜的笑容。

「公主來到魔王大人的城堡後真是豐腴了不少。之前為了讓您休養，並未讓您節制飲食，不過再這樣放縱下去，恐怕難以對皇后交代。

從今天起，您若不自我節制，也只能請您天天穿上這特製馬甲了。」

「這……這個馬甲居然還有刺，根本就是鐵處女吧？等等……等等……別……別過來……啊啊啊啊！」

聽說後來魔王的城堡裡時不時傳來慘絕人寰的叫聲，那像是魔王在凌虐手下敗將時的聲音，許多勇者還沒進到城堡，就被那些慘叫聲嚇得尿濕褲子，倉皇離去，更加鞏固了恩利爾＝殘暴魔王的地位。

可惜那些人都不知道這慘叫聲其實是女僕凌虐公主的悲鳴，而不是魔王凌虐勇者的哀號。

當過勇者的公主我深深覺得當勇者比公主輕鬆多了，我可以吃遍漠古荒原上的蠕類，卻對一個要我穿鐵處女馬甲的女僕束手無策啊！

不過恩利爾還是每天盡心盡力地煮很多東西給我吃，讓我不知道該感謝他還是痛恨他，最後只好每天淚流滿面地穿著鐵處女馬甲大吃大喝，感受甜蜜又痛苦的複雜滋味。

有些時候，石林巨人問我的那個問題——「你是誰？」會不時在我腦海中浮現。

雖然王室對外宣稱我是父王與前妻所生下的孩子，母親生下我不久之後就病死了，不過根據我從女僕那邊聽來的八卦，事情似乎並非如此……

只是我向來對這種事情不是很關心。後母說過，我只要記得自己是奎德薩第一公主就好，至於其他八卦都是無關緊要的事。

不過今晚，一個渾身皮膚冰藍、塊頭很大的傢伙，無聲無息地出現在我的窗前，單膝下跪對我低聲說道：

「吾主，下僕來迎接您回歸。」

今夜月黑風高，外頭一點光都沒有，這傢伙的皮膚卻藍得閃閃發光。我忍住想要幫他唱一首「藍色大精靈」的衝動，以公主的優雅姿態很冷靜地說：

「你再說一次。」

「吾主，下僕來迎接您回歸。」

「救命啊！有變態闖進我房間！」

我大聲尖叫並把桌子抬起來直接往他身上丟去，幾乎在同一時間，一大群守衛破門而入，衝向了那個藍色的大傢伙。

那傢伙似乎愣了一下，立刻從窗戶跳了出去，轉眼間不見人影。

在一陣兵荒馬亂後，我終於又能躺回床上好好睡覺。艾蜜莉雅問我那個人有沒有說什麼，我搖了搖頭後蓋上被子，心滿意足地閉上眼睛。

我是奎德薩第一公主蕚特妮蒂，還有一個身分是勇者杰克。別人認為我是什麼並不重要，重要的是我選擇成為什麼。

被做成玫瑰糕、穿著鐵處女馬甲……這些我都可以接受，但如果有人要破壞我的生活，我就會拿著平底鍋和斧頭當武器，跳出去和對方大打一場。

今晚可得早點睡，說不定清晨還要迎接那些勇者們呢！

目前是勇者衝進魔王城的高峰期，他們不管什麼時間都有可能出現，畢竟魔王城又不能貼著一塊招牌寫著「營業時間：上午八點到下午六點，其餘時段恕不招待。」

想到這裡，我更堅定了馬上休息的決心。

「晚安。」

艾蜜莉雅幫我熄了燈，走到門口，輕輕把門帶上。

「公主，晚安。」

後記

想說的事情很多，不知道從何說起，就從生日開始好了。

話說在下是個喜歡偷窺別人的變態（喂喂），某天偷偷在網路上發現在下的責編小Y好像和在下同一天生日。

為了掩飾自己是偷窺狂的事實，在下就默默地把這件事情收到口袋裡面去。不過事情當然沒這麼簡單，當小Y告知書封繪師的pixiv時，在下赫然發現繪者也是同一天生日（當然是不同年啦！不要問誰年紀最老好嗎？）

基本上，同天生日的人在下遇過，不過一次來兩個可真稀罕，在下終於忍不住在信中問小Y：「嗯……請問一下這本書是不是編輯、繪者和作者都是同月同日生啊？」

結果就是，這是一本同月同日生的人的心血結晶，希望有三倍的生日，也會有三倍的成果（謎）。

說完生日，回歸正題，不免俗地要來列感謝名單。

感謝我的父母，即使嘴巴上反對我寫小說、罵我太任性，身體依然很誠實地試圖金援我，把女兒養得足斤足兩，女兒卻我行我素離家寫作，希望他們沒有半夜躲在棉被裡偷偷哭泣。

感謝我的朋友，總是從各種角度給予支持。米米和派特小姐每次看完在下的作品就會大肆誇獎，讓在下虛榮心滿滿。也感謝巧巧、阿章和小玉，在流浪寫作的日子，靠你們混吃混喝混住混玩，過得實在太愉快。

感謝台灣角川和天聞角川，在這樣的市場環境中堅持給大家機會，真的很了不起！特別是獎盃做得精美無比，完全能看出主辦單位的用心，拿給父母看時，特別有女兒得了大獎的催眠作用。

感謝評審支持這部作品，在下做夢也沒想到能得金賞，得獎後一直擔憂是不是因為評審壓力太大所以不小心被平底鍋迷惑……希望這故事能娛樂到評審，銷量也能證明評審沒看錯。

當然不能忘的，就是要感謝和在下同天生日的責編小Y，小Y在插畫確認上非常用心，總是不厭其煩地來信確認細節。做一本書要確認的瑣事真的很多，但願小Y沒有因此黑眼圈（合掌）

此外，也要感謝繪者麻先みち，她讓書中的角色活靈活現，讓在下一直看著螢幕發出桀桀怪笑。

最後更感謝願意閱讀本書的讀者！感謝你願意花時間欣賞這本作品，但願這故事能帶給大家愉快的時光。

國家圖書館出版品預行編目資料

公主幫幫忙 / 愛子作. -- 初版. -- 臺北市 : 臺灣角川, 2014.09

面； 公分

ISBN 978-986-366-131-3(平裝)

857.7 103015078

Kadokawa Fantastic Novels DX

公主幫幫忙

2014年9月22日　初版第1刷發行

作　　者：愛子
插　　畫：麻先みち

發 行 人：加藤寛之
總　　監：施性吉
主　　編：陳正益
副 主 編：林秀儒
責任編輯：邱璨萱
資深設計指導：黃珮君
設計指導：許景舜
美術設計：宋芳茹
印　　務：李明修（主任）、張加恩、黎宇凡、張則蝶

發 行 所：台灣角川股份有限公司
地　　址：105台北市光復北路11巷44號5樓
電　　話：（02）2747-2433
傳　　真：（02）2747-2558
網　　址：http://www.kadokawa.com.tw
劃撥帳戶：台灣角川股份有限公司
劃撥帳號：19487412
法律顧問：寰瀛法律事務所
製　　版：尚騰製版印刷有限公司
ＩＳＢＮ：978-986-366-131-3

香港代理：香港角川有限公司
地　　址：香港新界葵涌興芳路223號新都會廣場第2座17樓 1701-02A室
電　　話：（852）3653-2888